Da varanda do General

Ednardo Souza Melo

DA VARANDA DO GENERAL

1ª Edição
POD

KBR
Petrópolis
2013

Edição de texto **Noga Sklar**
Editoração **KBR**
Capa **KBR s/ George Grosz, "Alemanha, uma história
de inverno", aquarela, 1918 (detalhe)**

ISBN 978-85-8180-202-2

KBR Editora Digital Ltda.
www.kbrdigital.com.br
www.facebook.com/kbrdigital
atendimento@kbrdigital.com.br
55|24|2222.3491

FIC027000 - Romance

Ednardo Souza Melo é engenheiro e advogado. Mora na Barra da Tijuca, no Rio de Janeiro. Trabalhou como redator e tradutor de textos nas empresas por que passou, tendo coordenado o relatório sobre Itaipu Binacional para o Banco Mundial. Sempre se interessou por livros e leitura, sendo palavras cruzadas e Sudoku seus passatempos preferidos. *Da varanda do General* é seu primeiro livro publicado.

E-mail do autor: esdmelo@gmail.com

Se quiserdes mentir impunemente no Califado de Córdoba, preparai-vos para ser um bom contador de histórias.

Abd-ar-Rahman III, o Magnífico, oitavo califa de Córdoba e primeiro de Al-Andalus (889-961 d.C.)

Sumário

Prólogo

(Emilia-Romagna, sexta-feira, 13 de abril de 1945, às 07h00, próximo a Verbena, uma pequena cidade situada a meio caminho do curso do Panaro, afluente do rio Pó)

> *Filmes não são feitos de verdades, mas de mentiras.*
> Roman Polanski, cineasta e ator franco-polonês

A primavera ainda não se fizera presente naquele ano. O frio era constante, havia névoa e chuva frequentes ao norte da Itália. Os quase cento e noventa homens da Companhia perambulavam há mais de um mês pela região, fazendo aquilo a que já se haviam acostumado, e faziam bem: limpar o terreno dos inimigos e de seu lixo mortal de minas e armadilhas. Essa empreitada perigosa, muitas vezes desprezada pelas tropas de retaguarda, incluía alguns novatos — identificados por seus uniformes novos e olhares esgazeados — dispersos entre os veteranos, prova evidente das baixas sofridas anteriormente pela tropa.

A ordem vinda pelo rádio era se aproximar de Verbena e substituir uma tropa americana que se encontrava imobilizada no entorno da cidade, numa situação quase insustentável. Para aqueles que se acostumaram aos filmes de guerra, o conselho de qualquer veterano é esquecer o que se vê na tela, pois a guerra é imprevisível, suja, cansativa, com odor de morte, suor, sangue, fezes, explosivo e combustível compondo um coquetel sinistro e enjoativo. Acrescido a tudo isto, o ambiente hostil, com armadilhas e campos minados e, no caso presente, um inimigo ainda tenaz e implacável.

Recorra-se agora ao despacho oficial, que na prosa do redator militar, resume o ocorrido:

O Capitão Duvall realizou com muita segurança a substituição de uma Divisão norte-americana que se encontrava em situação delicada (sic), ajustando um seguro plano de fogo e um ótimo sistema de observação, assegurou a defesa do eixo Vila d'A. — Castel d'A. —, de singular importância para o desenrolar das operações ofensivas a cargo da 10a Divisão de Montanha, e adaptou constantemente seu dispositivo para a liberação da unidade vizinha, que precisava ser recuperada pela sua GU.

Ao pressentir o retraimento alemão, lançou ousadamente sua Cia. na direção que lhe foi assinalada, com o entusiasmo dos que buscam a vitória, numa nítida compreensão da fase de perseguição que se iniciava, superando com grande competência os campos minados e a destruição, correndo no encalço do inimigo em retirada e impedindo-o de completar o trabalho de colocação de minas, aprisionando os últimos elementos alemães de retardamento, de surpresa, e conduzindo sua tropa com muita ousadia, segurança, rapidez e êxito.

Ajustou em seguida um excelente sistema defensivo face ao rio Panaro, lançando patrulhas a W[1] do rio e, em seguida, quando o Btl. de novo cobriu o movimento a W, deslocando sua unidade com a missão de flanquear a guarda, que realizou com sucesso. Na fase final, atingiu com êxito a cidade de F., onde passou à reserva do Regimento. Recuperado pelo Btl, ocupou a localidade de C., onde se distinguiu pelo acerto de seu comando e pelo táto (sic) e correção no entendimento com a população civil.

A perfeição do trabalho do Capitão Duvall merece especial destaque, pelo que prazeirosamente (sic) o elogio individualmente.

Os relatórios oficiais não mencionam diretamente Verbena, a não ser no modo oblíquo do despacho mencionado, e muitos veteranos, nos anos posteriores, consideravam a campanha apenas como uma escaramuça.

O episódio, por assim dizer, foi absorvido pelo evento maior da conquista de Montese pela FEB no dia seguinte, que, combinada a outras vitórias aliadas, levou à derrota e fuga os exércitos alemães, praticamente encerrando a campanha italiana.

Entretanto, a história ressurgiu como um polichinelo quase sessenta anos depois de sua ocorrência; seus contornos esmaecidos se avivaram e, convenientemente distorcida, foi utilizada em orquestrada campanha de infâmia contra seu principal protagonista.

---

1 Oeste.

1. QUASE UM FINAL

(Diário do Capitão Duvall, Vale do Pó, 13 de abril de 1945)

Ab alio spectes alteri quod feceris.[2]

Sêneca

A Cia. norte-americana de montanha que a minha tropa fora substituir em Verbena estava quase totalmente cercada pelos alemães, que, entrincheirados na vila situada em uma colina, dominavam o terreno entre a própria vila e o rio Panaro, onde em má hora o capitão agrupara seu contingente no início do ataque. Os montanheiros só não haviam sido aniquilados porque ainda dispunham de um pelotão com uns poucos morteiros, colocados no flanco esquerdo do grosso da tropa, em posição abrigada e fora da vista dos inimigos, fustigando-os e os impedindo de avançar. Ajudei-os com nosso "mamulengo", apelido dado a um morteiro alemão de 120 mm que apreendêramos intacto e com razoável suprimento de munição.

Conferenciei com o capitão americano, um texano ainda bem jovem, de nome Bloomer, que estava sen-

---

2 Assim como fizeres, de outrem o esperes.

do submetido ao batismo de fogo. E que batismo! Já na primeira hora tinha sido ferido de raspão no pescoço. A informação passada pelo rádio era que a tropa inimiga tinha forte parcela de voluntários ucranianos, veteranos da campanha da Rússia, sabedores de que, uma vez prisioneiros, seriam entregues pelos Aliados ao Exército Vermelho e teriam, certamente, um fim sumário.

Vencida a barreira do idioma com o capitão aliado, despachei dois pelotões para "pinçar a pinça alemã". Vendo-se envolvido, o inimigo tentou romper o círculo várias vezes, mas sem sucesso. Com o alívio provocado por nós, brasileiros, os americanos, que até então estavam sob fogo e paralisados, puderam recuar até a estrada. O combate durou até o final da tarde, sem que pudéssemos entrar em Verbena. Durante a noite despachei uma patrulha de três homens, chefiada por um sargento do Paraná descendente de poloneses, uma verdadeira máquina de guerra. Em seus primeiros dias no *front*, observara que alguns sargentos americanos portavam escopetas com baioneta, arma indicada para combate a curta distância, e em breve era possuidor de uma delas. Seu armamento, aliás, era não convencional: pistolas automáticas Colt, faca de comando, granadas americanas e alemãs que retirava de prisioneiros ou inimigos recém mortos por ele. Rara era a vez em que, em patrulha noturna, não trouxesse um prisioneiro.

E desta vez não foi diferente, capturou um segundo-tenente alemão de uns vinte anos, que passou a ser interrogado imediatamente pelo nosso Ten. GAF. O jovem alemão se chamava Johann de Corbeau e era ajudante de ordens de seu pai, um coronel que se encontrava ferido no interior da igreja de Verbena. Perguntado sobre a origem do sobrenome francês, explicou que, embora de nacionalidade alemã, era descendente de uma família de huguenotes que se refugiara das perseguições religiosas do século XVII na França. GAF passou a interrogá-lo em francês, e senti imediatamente o alívio que acomete o soldado capturado. Se, por um lado, fracassara em sua missão, por outro sabia que a guerra acabara para ele, e suas chances de sobrevivência seriam maiores que as de seus companheiros ainda em combate.

Pelo seu relato, eu soube que o grupo inimigo não passava de setenta homens sob a chefia de um sargento; todos os oficiais já haviam morrido. Confirmou a informação sobre ucranianos na tropa, sendo os demais inimigos veteranos do Afrika Korps, inclusive o sargento em comando. Ele e seu pai, por sua vez, estavam em fuga para a Áustria, em um carro de estado-maior carregado de documentos oficiais a serem entregues ao Comando Geral do exército alemão, quando o veículo foi metralhado por um avião de caça, matando o motorista e ferindo no braço esquerdo o coronel, a quem a capotagem subsequente deixou em completo estado de desorientação mental. O tenente escapara com ferimentos leves.

A informação mais valiosa para a sobrevivência da nossa tropa, entretanto, veio ao final, quando comentou que havia um atirador de elite, conhecido por suas façanhas no *front* russo, onde abatera mais de duzentos inimigos. Agindo independentemente, o atirador tinha como princípio colocar em ponto próximo um companheiro menos experiente que atraísse o fogo adversário, enquanto ele abatia o alvo, que escolhia cuidadosamente.

Ao amanhecer, com os sobreviventes americanos

na retaguarda, fiz um reconhecimento através de binóculos e identifiquei possíveis pontos de tocaia, sendo o mais óbvio o torreão da igreja, e secundariamente outro em um prédio alto na praça principal, que também me pareceu um abrigo provável.

Iniciei, em conjunto com os americanos, um ataque por morteiros, enquanto dois pelotões partiam para o enfrentamento, que supus final.

Para a missão especial de neutralizar os atiradores, formei uma equipe com o "polaco" e dois cabos veteranos como auxiliares. Informei-os de que o coronel alemão que se encontrava ferido na igreja deveria ser protegido a qualquer custo, e trazido com a documentação sob sua guarda. Por sua vez, o posto do atirador principal, depois de neutralizado, deveria ser mantido intacto e com todos os eventuais equipamentos, armas, manuais etc., como se fora uma cena de crime.

A uma da tarde os inimigos remanescentes se renderam incondicionalmente. Estavam reduzidos a pouco mais de trinta homens; os demais haviam sido mortos pelo fogo dos morteiros e no combate casa a casa que se seguiu. Nossas perdas foram de treze feridos, dois deles gravemente. Acho que minha frase de comediante, em que prometia "punições severas para quem morresse", havia surtido efeito a conter arroubos de heroísmo inútil.

Quando interrogado, o sargento alemão em comando relatou que se encontravam sem provisão de comida há quase duas semanas, alimentando-se de batatas e animais que encontravam, a água e a munição tendo se esgotado no início da tarde, quando da rendição.

Acertei com o capitão americano que sua tropa conduzisse os prisioneiros no caminho da retaguarda, enquanto seguia para o norte em perseguição a pequenos grupos inimigos.

Os atiradores de elite mortos em combate dispunham de armamento e equipamentos especiais, binóculos, câmeras fotográficas e filmes de uso em ambientes de pouca iluminação, que passei a utilizar nos pontos de confronto e na documentação do que supus ser nosso último entrevero.

Pelo rádio, fomos informados de que Montese havia sido conquistada por nossos companheiros.

O coronel alemão e seu filho foram conduzidos à retaguarda por um dos nossos pelotões, para atendimento médico e posterior encaminhamento ao campo de prisioneiros de guerra. Os documentos do coronel de Corbeau foram repassados diretamente ao QG Aliado, sem qualquer exame, por ordem expressa do Comando do regimento.

Em tempo: encontramos, nas cercanias de Verbena, os cadáveres de três jovens, já com sinais claros de decomposição e indícios de violência sexual, cabeças raspadas, incisões a faca nos corpos e cartazes em italiano denominando-as colaboracionistas. Por minha ordem expressa, a cena hedionda foi também fotografada, preparado um esboço com distâncias marcadas e outros detalhes e recolhidos cartuchos de munição, papéis e outros materiais, de modo a auxiliar numa eventual identificação dos autores do fato criminoso.

2. INTERLÚDIO

(Diário do Capitão Duvall, Argélia, 13 de março de1959)

Estou em Bir El Zidih, pequena cidade do Atlas Tellien, situada a uns 130 km da costa, acompanhando o trabalho de dois oficiais de informações do Estado-Maior. Vou designá-los Capitães V. e K., o primeiro de uma família de Toulouse e o segundo originário de Strasbourg, na Alsácia.

Viemos de Argel, há quatro dias, em um 3/4 ton., 4x4, parte do material militar cedido pelos EUA, trazendo equipamentos de radiocomunicação, antenas e outros aparelhos auxiliares. O motorista é um sargento argelino de origem berbere, veterano da 2ª Guerra.

Ostensivamente, o equipamento servirá à estação de rádio a serviço da população local, transmitindo notícias de interesse público em francês, árabe e berbere, mas na verdade encobrindo a chegada de uma estação de monitoramento e localização de rádios clandestinas do FLN. A região está acima de 2.000m do nível do mar, a cavaleiro da costa, e a estação de Bir El Zidih fará parte de um sistema de monitoração e rastreamento a ser operado pelo exército francês, com estações móveis e fixas. Este equipamento mais sofisticado deverá vir de helicóptero, por razões de segurança. Estão previstos o reforço

da guarnição por três companhias de "paras" e a amplia-
ção do campo de pouso.

A atividade do FLN se limita, até o momento, a
panfletos e cartazes pró-independência de pouco efeito
entre os locais, considerando o quadro de analfabetis-
mo. Acresce ainda que as condições da população, em
maioria berbere, com atividade no pastoreio de ovelhas
e cabras, são pouco melhores que as de trabalhadores
nas fazendas dos brancos na região costeira. Apesar do
ambiente ainda pouco propício a uma insurreição, informações obtidas de membros do FLN, submetidos a interrogatório em Argel, indicavam a chegada iminente de
um chefe de área e do comissário político, sob os nomes
de guerra *Amalu* [sombra] e *Igider* [águia], suas verda-
deiras identidades sendo objeto de uma busca ferrenha
por parte dos serviços de informação franceses. Sabe-
-se já que estes dois quadros foram formados em uma
escola de líderes revolucionários na Tcheco-Eslováquia,
ambos berberes e com laços pessoais na região, mais um
sinal a reforçar a hipótese de que o Comitê Central do
FLN deposita grande esperança na abertura de frentes
de luta no interior, considerando o desmantelamento
das organizações clandestinas nos grandes centros ur-
banos costeiros pelas operações dos militares franceses,
porque são eles que no fim das contas controlam a Argélia desde a vitória em Argel. Penso que será uma guerra de grande desgaste para ambos os lados, com pouca
chance de uma vitória francesa. É uma grande ironia,
pois para os franceses a Argélia sempre foi vista como
província, e não mera colônia como os vizinhos Marro-
cos e Tunísia. O erro da França foi que o *status* de província quase nada representou para a população local, a
estrutura social e econômica sendo dominadas por uma

população vinda do sul da Europa, os ditos *pieds-noirs*, que se estabeleceram no comércio, na agricultura e no baixo funcionalismo público, restando à população nativa apenas os serviços recusados pelos imigrantes.

Mesmo para um brasileiro pobre, os níveis de higiene e limpeza de grande parte da população nativa seriam nauseantes. Infelizmente, os franceses não dão o tom na matéria, tem-se que reconhecer, sempre fizeram a camuflagem imperfeita dos odores com os famosos perfumes...

Lembro-me bem do impacto que meu banho diário causou quando residi em Toulouse na adolescência. Tios, avós e primos não me transformaram em atração pública, mas chegaram a suspeitar de que tivesse alguma doença de pele. Muito a contragosto, fixei, na ocasião, um limite de dois ou três banhos por semana, dependendo do clima frio ou quente! Acho que ali comecei a desenvolver a capacidade de conviver com outros costumes...

A vontade é voltar ao Brasil. Minha estadia não vai trazer proveito maior, seja pessoal, seja para o exército. Reconheço que venho tendo bom acesso a informações, às operações de neutralização de atividades terroristas, táticas de combate e, principalmente, ao aspecto ideológico do conflito. Para isso me ajuda a origem familiar e o conhecimento do idioma. Outros, em posição similar, enfrentam maior dificuldade em desempenhar sua função. Vejo o oficial norte-americano mal sendo tolerado e, mesmo assim, graças ao material militar de todo tipo provido pelos EUA.

Este é o lado sombrio da alma francesa, inexplicável para nós, brasileiros. Lembro-me de que na campanha da Itália, quando capturamos de uma vez só uns

trinta alemães, vendo aquela tropa de mestiços, com todas as colorações de pele possíveis, envergando uniformes também pouco ortodoxos, a princípio se sentiram
temerosos de serem trucidados. Um dia depois, tive que
dar a denominada "geral": coloquei os tenentes na roda-
-viva, pois já se ensaiava uma linha de passe germano-
-brasileira com uma bola que surgiu do nada! As trocas
de condecorações e outros objetos pessoais dos alemães
por café brasileiro e cigarros americanos tornaram-se
também um problema, foi um alívio quando os prisioneiros foram entregues a uma unidade norte-americana
que voltava à retaguarda.

Esta missão de observador militar é espinhosa,
porque não se pode criticar o anfitrião. Deixamos de
lado a farda e vestimos um fraque (invisível) de diplomata, sem perder de vista que na refrega podemos ser
atingidos pelo inimigo, não há garantia de salvo-con-
duto. Tenho aproveitado os períodos de férias para conhecer um pouco mais da velha Europa com a Amália,
e aguardo apenas o final de março para mais um desses
tours.

Ainda vou sair para um evento especial. K. e V.
estão em competição gastronômica para ver quem mon-
ta o jantar mais refinado, considerando a escassez de in-
gredientes e a pouca expertise do sargento cozinheiro
da guarnição de Bir El Zidih, que até ser convocado o
ano passado era assistente de segunda linha de um *cor-
don bleu* de Lyon. Ontem K. nos apresentou um típica
refeição alsaciana. Hoje é a noite de V. Vai ser difícil es-
colher o melhor, nesse departamento os franceses são
imbatíveis.

3. A GANGRENA

(Diário do Capitão Duvall, Argélia, 14 de março de 1959)

Jesters do oft prove prophets.[3]
William Shakespeare, "King Lear", Ato 5, Cena 3

Toda pequena cidade tem um bobo, a quem é concedido o direito tácito de tudo dizer sem qualquer censura. É uma figura conhecida na história e literatura antigas, usada por Shakespeare e outros autores clássicos inúmeras vezes.

Bir El Zidih não era exceção. Havia um tipo que perambulava pelas ruas, conhecido por Ayur, que fazia questão de manter muito limpas as peças desencontradas de antigos uniformes militares franceses que vestia.

Combatente da 2ª Guerra nas tropas coloniais, fora atingido por estilhaços na cabeça, o que o tornara um deficiente mental inofensivo. Era comentário geral que, por uma ironia amarga, caso não tivesse sofrido tal revés, Ayur teria sido o primeiro "local" a frequentar uma universidade francesa. Notava-se, pelo francês corrente e correto, seu bom nível cultural. Gravitava em torno da

---

3 Bobos com frequência se provam profetas.

guarnição, e, como é praxe em todos os exércitos, era alimentado todos os dias sob a vista grossa dos oficiais.

No sábado Ayur se dirigiu ao quartel para receber sua quota de sobras do banquete do Capitão V.; satisfeito, aproximou-se de um grupo de oficiais no pátio interno, saudou-os com uma bela continência e, como se estivesse se reportando a seus superiores, falou:

— A águia e sua sombra já estão no *souq*.[4]

Fez-se um curto silêncio, com o Capitão K. saindo na frente, respondendo ao cumprimento e agradecendo a informação.

Começaram de imediato os preparativos da armadilha. Pareceu a todos no pátio do quartel que a brisa de montanha dera uma parada, o céu se acinzentara e uma corrente invisível passara a percorrer a guarnição. As atividades de rádio foram limitadas às transmissões rotineiras, por voz, sem preocupação de cifrar as mensagens, para não despertar a atenção da escuta do FLN.

A operação foi rápida e eficiente na ação de captura, apesar da gritaria das mulheres pelas ruas da cidade — uma espécie de ulular contínuo que atordoa e confunde qualquer um. O detalhe revelador que facilitou a prisão dos membros do FLN foram seus sapatos, muito novos, de boa qualidade e limpos demais para frequentadores de um mercado como o de Bir El Zidih. A Águia era, na verdade, um alto dirigente do Comitê de Libertação, que num ato de desprezo por todas as normas de infiltração, usava um terno elegante por debaixo do *djellaba*, e no pulso portava um relógio caro. A surpresa maior para os franceses foi que o "Sombra" era uma mulher, também um elo faltante nos quadros de identificação da direção do FLN no QG em Argel.

---

4 Mercado nas cidades árabes.

A vitória aparente veio resultar na realidade em outra coisa: em vez de vitória, a rebelião atingiu daí por diante o interior da Argélia. Outras "águias" e "sombras" apareceriam; a face da guerra iria mudar, a gangrena política e social se espalharia por aquele pequeno e idílico mundo na montanha, de florestas temperadas e habitat de animais raros, como o cervo berbere, belo e arisco, e o serval, um felino elegante — florestas, até então intocadas, que seriam impiedosamente destruídas por bombas de napalm da aviação francesa.

Durante toda a noite a rádio recém instalada em Bir El Zidih transmitiu somente músicas francesas, e de vinte em vinte minutos ouvia-se a canção "J'Attendrai" na voz pungente de Charles Trenet:

J'attendrai, le jour et la nuit/ J'attendrai toujours/ Ton retour, j'attendrai/ Car l'oiseau qui s'enfuit/ Vient chercher l'oubli/ Dans son nid...[5]

---

5 "J'attendrai", versão francesa de uma canção italiana: Esperei durante o dia e a noite/ Esperei sempre/ O teu retorno, eu esperei/ Porque o pássaro que fugiu/ Veio procurar o esquecimento/ Em seu ninho.

4. Uma presença incômoda

(Rio de Janeiro, 14 de dezembro de 2002)

> *Pelo formigar de meus polegares, algo malévolo*
> *vem nesta direção.*
>
> William Shakespeare, fala da segunda bruxa na
> abertura de "Macbeth"

Vou tentar justificar o porquê de minha intromissão nessa história toda. Vai ser difícil apresentar alguma coerência, escrevendo como escrevo durante minha estadia (forçada) no Ponto Zero, neste final de ano. De antemão, aviso que as páginas posteriores estarão entremeadas de depoimentos, documentos mais ou menos sigilosos, comentários e citações literárias de terceiros. Foi o modo que encontrei de dar um pouco de ordem e clareza ao relato.

O calor é muito, estou convivendo, por razões inteiramente diversas, com presos da operação "Cupim de Aço" da Polícia Federal, que envolve produtores de ferro-gusa, advogados (sempre eles) e os imprescindíveis e prestimosos funcionários públicos do licenciamento ambiental. É corrente entre os outros presos que todos os envolvidos serão soltos em prazo bem curto, sob o dogma absoluto da presunção de inocência até a condenação definitiva. Corre até um "bolo" de quantos dias de prisão ainda restam aos cupins e associados, considerando o número de advogados em ação na sua defesa. Há ainda alguns altos operadores de jogo zoológico presos, pelo que o surgimento da loteria da soltura não é surpresa. Aliás, é graças a um desses operadores zoológicos, veterano de muitas prisões temporárias e que, com sua paciência e boa vontade infindas, vem me instruindo sobre as manhas da cadeia, que já disponho de advogado.

Em primeiro lugar, sou um jornalista de nacionalidade norte-americana, ou estadunidense, ou ainda, simplesmente americana, vocês leitores que escolham. Trabalho no Brasil como correspondente da *Texas Oil Review* desde 1997, além de escrever uma coluna semanal sobre aspectos do país no *Houston Evening Star*.

A surpresa que tenho para vocês é que meus pais são brasileiros, assim como meu irmão mais velho, tendo eu sido registrado no Consulado de Houston ao nascer, em sete de setembro de 1972. Até os catorze anos viajava ao Brasil regularmente, sob o nome de Francisco de Assis Xavier Caldeira, com passaporte brasileiro e cidadania idem. Mas eis que surgiu no horizonte a constituição cidadã — aos menos sagazes: a letra minúscula é proposital —, aquela mesma de 1988, que inicialmente só considerava como cidadão brasileiro o nascido no exterior de pais que se encontrassem em missão oficial. Aos demais, cabia aguardar até completarem dezoito anos, quando então poderiam optar pela nacionalidade brasileira. Esqueceram os brilhantes constituintes que isso poderia levar muitos dos descendentes de brasileiros no exterior à situação de apátridas, por até dezoito anos.

Até aí morreu Neves (não é o Tancredo!) afogado em cuspe, diriam todos vocês. Estava eu me olvidando do vetusto princípio de que a lei não retroage, a não ser quando benéfica? Não havia sido eu registrado no consulado de Houston antes de viger a pedagógica obra de Ulisses Guimarães? Encontrava-me, portanto, são e salvo, com a nacionalidade brasileira assegurada. Mas o destino solerte, através de um incêndio em alguns arquivos do consulado, jogou-me na área apátrida quando fui renovar o passaporte. Isso significaria, no mínimo, dois anos sem possibilidade de viajar para qualquer lugar no mundo.

Faço agora um parêntese: meu pai (mineiro, é bom saber), vive nos Estados Unidos desde 1965, assim como minha mãe e meu irmão mais velho, não sendo nenhum deles "emigrado" de Governador Valadares e adjacências, nem muito menos um "perseguido político", não, papai não tem bolsa guerrilha, é engenheiro formado em Ouro Preto, proprietário de patentes na área de química de petróleo e sócio de uma consultoria especializada em Houston.

Seu requerimento no consulado e o advogado que contratou no Brasil foram inúteis para reverter o quadro, só o meu passaporte brasileiro vencido não servia de prova de nacionalidade. Docemente constrangido diante do obstáculo intransponível, requeri cidadania americana, e desde então vago pelo mundo com o passaporte da Águia, documento tão odiado e tão desejado simultaneamente.

O resultado é que o Brasil e vocês, por extensão, se livraram de mim, e agora me assino Frank A. X. Caldera — o "i" foi pro brejo, como diz o vulgo, pelo esforço de um notário texano. Claro está que sou questionado muitas vezes sobre minha cidadania, o que respondo de várias maneiras, dependendo do interlocutor, de meu humor e do tom da pergunta, (1) à Polícia Federal — o *seu* Governo Federal, através do Ministério da Justiça, não aceitou como prova de nacionalidade o meu passaporte brasileiro, vencido nos meus verdes dezesseis anos, e, sendo assim, graças à visão de futuro dos constituintes de 1988, pelo menos trezentos deles considerados picaretas por um ilustre colega (lembra-se dele?), não me restou alternativa senão a cidadania norte americana; (2) aos chatos brasileiros — porque me deu vontade (forçando o sotaque americano); (3) aos gringos incômodos de todas as origens — *fuck off*. Menciono que com estas três respostas já entrei em muita confusão.

E qual a razão da prisão, indagarão vocês, enquanto pensam: *Boa coisa não fez...* E realmente não fiz, não faço e não farei, pois em minhas matérias sempre deixo de lado as amenidades sobre o Brasil, que de tanto serem repetidas tornaram-se insultuosas e cansativas, tais como a beleza das garotas, a alegria, sensualidade e musicalidade do povo, a Amazônia, o desmatamento, cobras, índios bonzinhos e sábios, bossa nova, carnaval e futebol, o que até me proporcionaria plateia cativa (há muitos tolos também no além-mar). Sendo fundamentalmente um jornalista de economia, procuro ver com um olhar "estrangeiro" o desempenho dos vários setores produtivos, avanços, formas de gerência e a política econômica, bem como o impacto de medidas políticas, diplomáticas e econômicas de outras nações e de grandes multinacionais na economia brasileira.

Há um mês e meio atrás, entretanto, interessei-me por uma notícia breve que escutei no rádio: "Encontrado o corpo de um menino de rua em caçamba de entulho na Barra da Tijuca, envolto por um lençol ensanguentado". O local é próximo de onde moro e, em vez de ir para o escritório, passei por lá, mais por curiosidade do que para mostrar um ângulo cruel ou inusitado do Rio aos meus (poucos) leitores em Houston.

Apesar dos meus tenros anos, confesso, com orgulho, que comecei como ajudante de reportagem criminal em Houston e na região litorânea do Texas e, portanto, tenho alguma experiência no assunto, bem como não engulo fácil qualquer declaração oficial. A caçamba estava em uma rua paralela à praia, atrás de um hotel de bom padrão e bastante conhecido, cuja frente ocupava quase todo o quarteirão, cercado por edifícios residenciais. Estacionados nas proximidades, notei a presença de um carro da delegacia de homicídios da Polícia Civil, um da Polícia Federal, outro da Polícia Estadual e, surpresa, um carro do Exército.

Foi bastante acompanhar a movimentação dos peritos e a tomada de fotos, não só pela quantidade, mas por seu profissionalismo e minúcia, para evidenciar que a história era complexa, ao contrário do que se afirmava no rádio. Quando no Rio o corpo de um pobre pivetinho atrai essa quantidade de meios técnicos de investigação, e por três instituições diferentes? Garotos de rua morrem quase todos os dias, de fome, por maus tratos, atropelamento e homicídio.

Logo depois, dois delegados, um federal e outro estadual, convocaram os repórteres para uma declaração preliminar em uma sala do hotel, e a eles me juntei. Fui tomado como da terra, e à minha primeira e única pergunta, aceito com os risinhos costumeiros, pois confesso mais uma particularidade: meu sotaque é puro mineiro de Belo Horizonte. Cheguei até a cursar em B.H. os quatro últimos anos do grau médio, graças a uma alergia braba ao clima de Houston. Para essas ocasiões, disponho de uma carteira de motorista expedida em Minas Gerais (que sempre renovo!) e da credencial de uma rádio de Conselheiro Lafaiete, propriedade de um primo de minha mãe, um eterno deputado estadual.

A pergunta de "um milhão de reais" que fiz foi simples: "O Exército estava colaborando de algum modo nas investigações? Em que capacidade?" O delegado federal era um recém-aprovado em concurso público; ainda não adquirira a malícia dos veteranos e, enquanto respondia negativamente, moveu levemente o olhar para um ponto da sala onde se encontrava um indivíduo de nítido aspecto militar, embora estivesse em trajes civis.

Um colega ao lado comentou baixinho, rindo:

— Além de comprar bonde, você ainda quer trazer os milicos de volta à cena? Qualé?

Ri com o autor da gracinha como só os mineiros sabem fazer, com aquele misto de inocência e de pedido prévio de desculpas pelo comportamento *gauche*, desarmando qualquer suspeita. Anotei os nomes dos policiais e departamentos, os endereços e os poucos dados passados sobre a hora provável, modo e circunstâncias do crime, se havia testemunha (nenhuma até o momento).

Terminada a entrevista, permaneci no salão de entrada do hotel esperando para entrevistar empregados, motoristas de táxi e os participantes da malta no entorno dos hotéis, aqueles que passam o tempo todo tentando, e eventualmente vendendo serviços (quase sempre ruins) aos turistas. Observei que de todos os coleguinhas da imprensa restara apenas um, justamente aquele ao lado de quem havia sentado, autor da observação espirituosa sobre a minha pergunta. Embora ele não soubesse, eu conhecia sua fama há algum tempo, tendo sido apontado por um colega canadense em outra conferência de imprensa, como um nativo (opa!, o termo é do canadense, nada tenho com isso!) a ser tratado com cuidado. Seu nome era Lenine Gomes (sic), mais conhecido, tanto por amigos (poucos) quanto por inimigos (incontáveis) por "mão leve", em razão de sua fixação por gavetas, em particular as que contivessem dinheiro ou bens fáceis de serem surrupiados.

Junto a seu pai Manuel, fora responsável por furtos nas várias redações por onde passou, tendo tal comportamento se transformado em folclore no meio jornalístico. O papai, Manuel "Gavetão" Gomes, só se tornou respeitável quando passou a receber a "bolsa ditadura" em 2001, devido à sua demissão, ao final de 1964, de um matutino que fecharia as portas no início do ano seguinte. É óbvio que dizia ter participado de todas as manifestações políticas durante os governos militares, em particular a famosa "Passeata dos Cem Mil", o que não era verdade — na ocasião se encontrava foragido por conta de um dos seus processos habituais por inadimplência de pensão alimentícia (sim, Lenine teve uma infância atribulada!).

Quase uma hora depois da entrevista, notei uma alteração no ritmo da portaria do hotel com a chegada de uma ambulância e equipe de socorro conduzida ao elevador. Passado pouco tempo, desceu com um paciente na maca, tendo sido retirado às pressas, com sinais claros de ferimento grave. Nessa hora, o inefável Lenine se aproximou e me perguntou se haveria conexão entre o assassinato do garoto e a bala perdida no hóspede do hotel, e eu, forçando apenas um pouco minha bobeira, respondi que ainda não entrevistara ninguém, mas em princípio considerava tal suposição improvável. Ele propôs que trabalhássemos em parceria, dividindo informações, o que aceitei. Formalizamos com a troca dos números de nossos telefones, e ele, para demonstrar sua vontade de cooperar, disse-me quem era o ferido na maca: tratava-se de Jacques de Niederlust, ensaísta e filósofo belga, há longo tempo radicado na França e que vinha frequentemente ao Brasil, sendo professor visitante em várias universidades no país.

Como dizia a Alice de Lewis Carroll, ao cair no fosso e provar do bolo que lá encontrou, as coisas estavam ficando "mais e mais curiosas"...

5. Lísia entra em cena

*Breaking all of the rules that would bend/ I began
to find myself searchin'/ Searching for shelter again and
again/ Against the wind.*[6]

"Running Against the Wind", Bob Seger & the
Silver Bullet Band

Para muitos parece evidente que sou um acerbo crítico de minha ex-futura pátria. Sinto desapontá-los: a implicância está embutida no DNA mineiro, e não posso
renegar a dupla dose que recebi (de mãe e pai) ao nascer. Para demonstrar minha isenção, informo que gosto
também de desancar meus compatriotas postiços. Neste
caso específico, o que me levou à prisão foi ter seguido de
modo estrito a norma de reportar, examinando todos os
ângulos dos fatos. Recusei-me, em determinado ponto, a
aceitar as versões desvinculadas para dois crimes muito
próximos no tempo e no espaço: o homicídio do menino de rua e a lesão corporal dolosa no pensador francês,
conforme noticiou a imprensa pátria (de vocês).

---

6 Quebrando todas as regras que se dobrassem/ Comecei a encon-
trar-me buscando/ Buscando um abrigo mais uma vez/ Contra o
vento.

Procurei depoimentos de hóspedes do hotel, moradores dos prédios vizinhos, porteiros e outros, até que, por uma dessas estranhas coincidências, recebi a informação de que o menino era visto frequentemente nas redondezas do hotel e suspeito de ser um garoto de programa, sempre na busca por clientes entre os hóspedes estrangeiros, o que me fez enviar uma primeira reportagem para o *Houston Evening Star*.

Foi o bastante para que dois promotores, um federal e outro estadual, requeressem minha prisão temporária por quebra de segredo de justiça, instigados pelo já citado Lenine, que, mencionando meu artigo em sua coluna no *Diário Popular*, não só desqualificava a hipótese de conexão entre os dois delitos como ia mais longe, ao revelar minha descrença em uma solução honesta por parte das autoridades brasileiras. Ao final do texto, argumentava em favor de minha expulsão imediata, em razão de ser eu mais um desses correspondentes "de fora" cuja ocupação principal era denegrir o Brasil. Penso que os juízes e promotores dos dois casos não se ativeram ao particular do meu ato: se delituoso, em que local havia sido cometido? Nos Estados Unidos? Em um jornal estrangeiro? Em língua estrangeira?

A reportagem era breve e se resumia ao seguinte: dois crimes haviam sido cometidos quase que ao mesmo tempo, com distância física mínima um do outro, e eu comentava a dissimetria no tratamento dos dois delitos, com o crime de lesão corporal ocupando quase todo o noticiário nas semanas seguintes, críticas acerbas à segurança pública e extensas biografias da vítima, títulos de livros, honrarias e toda a pompa que cerca tais medalhões, enquanto o assassinato do garoto mal atingira dois dias nas páginas internas dos jornais locais. Mencionei ainda que meninos de rua são assassinados com frequência, pelas mais diversas razões, e afirmei, numa premonição, que alguns seriam submetidos às mais variadas sevícias antes de serem mortos.

Em sua petição de *habeas corpus*, meu advogado alegou a inexistência de qualquer delito, considerando-se que a reportagem era genérica, não apontava quaisquer suspeitos, e tendo sido publicada em língua estrangeira e fora do país, não poderia causar qualquer entrave aos processos em curso.

O argumento final foi mostrar-me como um estrangeiro respeitoso para com o Brasil, filho de brasileiros natos, um condecorado oficial da reserva da Marinha dos Estados Unidos, atualmente correspondente de periódicos especializados daquele país.

Eis aí um breve apanhado da minha breve estadia na prisão. Ah, ia me esquecendo: a Lísia deste capítulo é minha mulher, na época namorada e aplicada estudante de direito, pelo que louvo sua insistência em me libertar através de um contínuo atazanar de juízes, promotores, e, principalmente, do meu advogado na ocasião. Minha saída do Ponto Zero foi uma quase apoteose, com abraços e votos de felicidades dos demais presos: "cupins de aço" (agora esclareço: fraudadores de impostos na venda de produtos siderúrgicos), "corretores zoológicos" e até um reverendo evangélico recém-detido por estelionato (esquema de pirâmide), operação que veio a permitir que ele pagasse ao advogado e ainda sobrasse algum, de onde se conclui que o crime compensa, umas poucas vezes, pelo menos.

6. RETORNO A UM PASSADO RECENTE

Nada mais remoto que o passado recente.

Nelson Rodrigues

De minha estadia em Belo Horizonte, além do aprendizado de vida inerente a qualquer mineiro que se preze — com aquela dosagem certa de dissimulação, ironia e contenção que compõe seu humor sarcástico e autodepreciativo —, ficou-me o gosto pelos cronistas, escritores e poetas da terra, Paulo Mendes Campos, Fernando Sabino, o bissexto Otto Lara Rezende, Carlos Drummond e o pouco mencionado Djalma de Andrade. Entram ainda na lista, compondo o grupo, o pernambucano Manuel Bandeira e o lusitano Eça de Queiroz. Ah, ia me esquecendo: tornei-me torcedor perpétuo do Cruzeiro...

Entretanto, de pouca ou nenhuma valia prática me foram tais preferências literárias e futebolísticas quando de meu retorno a Houston em 1991, e devo confessar que as lições de matemática, geometria e geografia recebidas em Minas é que me foram mais úteis na admissão ao *college,* e, posteriormente, ao curso de Economia e Jornalismo Econômico na universidade.

Para compensar a decepção paterna por ver-me

definitivamente afastado da área de engenharia, procurei trabalhar desde logo, já no tempo de estudante, tendo sido empregado na própria universidade como tradutor de textos para revistas técnicas, leiturista da Companhia de Água e Esgotos, foca da seção criminal do *Houston Evening Star* e, ao final, repórter do mesmo jornal.

Meu irmão mais velho, crítico impiedoso, chama-me sempre de "*Second Chance*", pois enquanto para ele há um desenrolar quase contínuo de sucessos, na vida de consultor financeiro na área de petróleo e *man about town* [rei do pedaço] em Houston, para mim o mais comum é quase sempre falhar na primeira tentativa, seja esportiva, amorosa, acadêmica ou outra qualquer, para logo em seguida surgir uma alternativa, que em vários momentos se configurou até mais vantajosa ou agradável que a escolha inicial.

Assim é que a alergia que me trouxe ao Brasil no período entre catorze e dezoito anos poupou-me de ter que aguentar o curso secundário dos norte-americanos, indutor de um desconhecimento total do mundo e até mesmo de fatos importantes de sua própria nação. Entrevistas que fiz como repórter criminal abriram-me também os olhos para os imensos abismos sociais da nação que me adotou sem discussões burocráticas.

Para culminar o aprendizado de vida, ao aproximar-se o fim do curso universitário matriculei-me no Centro de Formação de Oficiais da Reserva da Marinha Americana, seguindo o mesmo impulso de meus amigos de faculdade. A primeira guerra do Iraque havia terminado no início de 1991, não havia previsão de grandes operações militares e nosso grupo, em sua santa inocência, esperava um estágio de um ano na Frota do Mediterrâneo, de preferência em algum porta-aviões, findo o qual retornaríamos incólumes a Houston em garbosos uniformes, exatamente como nos roteiros de Hollywood.

A realidade mostrou-se diferente: dos cinco alistados, três tiveram o sonho realizado. Dos restantes, um voltou para a família em um lúgubre saco de plástico negro, sem nunca ter navegado pelo Mediterrâneo, vítima de ataque terrorista a seu navio quando estava em um porto no Iêmen. Quanto a mim, fui aquinhoado com dois anos a bordo da fragata USS Verne, combatendo em guerra não declarada (são as piores, pois todos o acham um idiota por participar delas) quando perseguia piratas no Oceano Índico.

7. Devaneio

(Rio, 21 de dezembro de 2002)

Cessa tudo quanto a antiga musa canta/ Que um valor mais alto se alevanta.

Luiz de Camões, "Os Lusíadas"

Eu estava livre, atrasado em minha reportagem sobre a exploração de novos campos de petróleo nas bacias de Campos e Santos, com os feriados se aproximando e a agitação financeira e política no auge, pois o príncipe dos intelectuais, após oito anos de presidência em dois mandatos, iria passar a faixa presidencial ao operário sindicalista, causa de grande incômodo local e no exterior.

Resolvi, num impulso, que no janeiro seguinte iria reportar também os crimes que me haviam trazido o contratempo da detenção. Como o filósofo era o assunto das páginas policiais, planejei iniciar a pesquisa me concentrando na outra vítima, o menino do qual, até o momento, se desconhecia até mesmo as iniciais do nome.

Uma explicação: em todas as representações estrangeiras, há sempre alguém designado para tratar dos casos de acidentes, roubos, desaparecimentos e outros que envolvam seus nacionais. Para desempenhar tal função é necessário conhecer bem o povo, o país e a língua, saber interpretar reações da população, desenvolver redes de informantes e estabelecer relações amistosas com autoridades policiais, judiciárias e, em alguns casos, até nos meios militares. O consulado americano no Rio não era exceção, ao contrário, tinha o homem certo no lugar certo. Tratava-se de um antigo oficial fuzileiro naval, com vários cursos correlatos às suas funções e que apresentava, em meu caso, uma vantagem adicional: tornara-se meu amigo desde o início de minha permanência profissional no Brasil. Não vou me alongar em que condições nossa amizade surgiu, mas asseguro que conseguir um tratamento cardíaco de emergência para sua filha em São Paulo teve papel relevante.

Seu nome não é importante. Vamos chamá-lo de Stanley Pike, e basta que saibam que o auxílio que me prestou durante e após minha permanência na prisão foi inestimável para a feitura deste texto. Seus contatos me abriram portas no IML, nas delegacias policiais e, o mais importante, o acesso a personagens-chave de um drama sem paralelo.

Fui para Houston na véspera do Natal acompanhado de Lísia, para apresentá-la à família, formalizando assim o noivado, e descansar do dezembro tumultuado que se encerrava, deixando o futuro ao próprio futuro.

8. Descida ao inferno

(Rio de Janeiro, 6 de janeiro de 2003)

"(...) Deixai, ó vós que entrais, toda a esperança",/ Estas palavras, em letreiro escuro,/ Eu vi, por cima de uma porta escrito.

Dante Alighieri, *A Divina Comédia*, Canto III

Alerto que o período de férias de Natal, embora agradável, nada traria ao entendimento desta história, pelo que dele não faço relato algum.

Seguindo as indicações de Pike, procurei, em primeiro lugar, visitar o Instituto Médico Legal, em busca de dados sobre o anônimo menino de rua assassinado. Esperava encontrar apenas uma identificação do garoto, e talvez, como acontece muitas vezes, descobrir se teria parentes. O que obtive foi uma negativa completa para os dois itens.

Entretanto, consegui entrevistar o legista, um tal Dr. Mendonça, a quem expus o pouco que sabia e minha suspeita de uma ligação entre os dois fatos criminosos. Expliquei-lhe que meu interesse era jornalístico, que a matéria se desviava da linha de economia, não fosse a minha intenção de enviar notícias incomuns do Rio de

Janeiro a um diário em Houston.

O médico ouviu-me atentamente, sem mover os olhos nem demonstrar enfado. Tratava-se de um brasileiro típico de classe média, nem alto nem baixo, físico também mediano, rosto sereno; e se não fosse por duas características marcantes, um nariz adunco e olhos escuros e fundos, não chamaria a atenção. Quando acabei meu relato, perguntou-me, de chofre, se gostaria de ver o corpo e se conseguia ler laudos periciais em português. Fiz-lhe um breve resumo de minha luta por uma nacionalidade e as peripécias pelas quais havia passado, o que me habilitava a ler qualquer laudo ou documento, provocando somente um sorriso discreto de sua parte.

A vítima era um menino franzino, mulato claro, de no máximo catorze anos, com queimaduras de cigarro e manchas roxas por todo o corpo. A causa da morte era esganadura, a coluna cervical superior fora fraturada e a região anal estava extensamente lacerada. A cabeça pendia em ângulo forçado para o lado esquerdo. O laudo que me foi dado ler descrevia cuidadosamente todo o ritual brutal, o período provável de sua duração e detalhes como resíduos de sêmen na boca, sobre o tórax e ânus da vítima, tendo sido recolhidas amostras e traçado o perfil de DNA do agressor.

Duas coisas a mais: o extremo rigor da necropsia e a descrição dos fatos, em um texto claro e conciso. Faltava agora esclarecer o principal: por que o discreto Dr. Mendonça resolvera me passar tais informações, inclusive assinando uma cópia do laudo pericial, arriscando sua carreira por um completo estranho?

A resposta veio rápida e surpreendente:

— Porque estou cansado de ver quadros como este, cadáveres de crianças de todos os matizes e idades, alguns deles chegando sem córneas, fígado, coração, pulmões, rins, tudo indicando que foram anestesiados, tiveram os órgãos retirados por processo cirúrgico cuidadoso para venda, como se fossem mercadorias. Cansei-me também da glorificação vazia do famoso Estado de Direito, da normalidade democrática, da presunção de inocência e que tais, todas essas garantias, em si meritórias, utilizadas na maioria dos casos para a proteção de bandidos nos mais diversos níveis.

O discurso formal do médico provocou-me sentimentos contraditórios: à crueza do fato relatado, de uma barbaridade a toda prova, contrapunha-se a honradez e coragem do Dr. Mendonça.

Passei no consulado e, sem qualquer comentário, entreguei a Pike o documento que acabara de receber. Pedi que fizesse uma cópia para mim, e por medida de segurança acertamos que copiaria todo documento que eu obtivesse e manteria o original em seu arquivo pessoal. Caso alguma coisa me acontecesse no futuro, o consulado teria como iniciar as investigações. Sei que alguns mais afoitos, Lenine entre eles, irão me chamar de jornalista chapa-branca, vendido e outros termos mais pesados, mas isso já não me afeta mais, a pele engrossou com o passar dos anos. O Brasil não é o Oriente Médio, o Rio não é (ainda?) Bagdá, mas nunca é bom deixar tudo dependendo da sorte. Em suma: *shit happens, as they say in the Navy.*

9. Mais do mesmo

(Rio de Janeiro, 7 de janeiro de 2003)

Barbouze: gíria francesa derivada de barbu [barbudo], "uma falsa barba", designando vulgarmente os integrantes dos serviços secretos encarregados de golpes clandestinos contra movimentos ou organizações julgadas perigosas pelo Estado Francês.

Nos dois dias seguintes passei a fazer a ronda policial, primeiramente na Polícia Federal onde, após espera de quase um dia inteiro, só consegui arrancar a informação de que estavam sendo feitos estudos técnicos para determinação da direção dos disparos na suíte da cobertura do hotel e o horário da ocorrência.

Na Polícia Estadual, o inquérito seguia o padrão — quanto menos importante a vítima, maior o desinteresse no andamento das investigações. O laudo pericial não chegara ainda às mãos dos investigadores, e as inquirições destes nada haviam trazido de novo.

Por outro lado, o Consulado Francês havia comunicado através da imprensa que o quadro clínico da vítima era estável, encontrando-se a mesma sob cuidados médicos em local não revelado e aguardando embarque em avião exclusivo para retorno à França.

Dentro dessa modorra geral, resolvi recorrer ao meu auxiliar no escritório, um primo de Lísia que contratara há seis meses, a princípio com restrições, dado o "currículo" apresentado. Seu nome era Pedro, mas passei a chamá-lo de CPMF, letras iniciais dos palavrões frequentes em sua conversação, palavras que deixo ao leitor a tarefa de identificar. O mantra chulo iria diminuir com o tempo, mas o apelido levaria quase um ano para desaparecer. Pedro fora condenado em um Juizado Especial Criminal por agredir um frentista de posto, indivíduo muito mais alto e pesado, que teve a maior surpresa da vida ao ser imobilizado e socado até quase a inconsciência. A pena dada a CPMF foi a de procurar uma ocupação qualquer e pagar, com a remuneração obtida, uma indenização à vítima correspondente ao período em que esta deixara de trabalhar.

Apesar disso, CPMF apresentava boa capacidade de leitura, de redação, de concentração e de análise. Cumpria as tarefas com entusiasmo e rapidez. Fui aumentando a dificuldade dos serviços, obriguei-o a escrever e ler em inglês. Vi que o comportamento do rapaz era uma reação à educação extremamente formal e rígida dada pelo pai, sócio-fundador de um importante escritório de advogados que desejava que o filho seguisse o mesmo caminho.

Em quatro meses a pena havia sido cumprida e o trato inicial com o pai do CPMF era que encerrássemos também o estágio. Concluí, entretanto, que se o demitisse o problema surgiria mais virulento, e propus que ele se dedicasse à faculdade de direito em curso noturno e continuasse a trabalhar em horário flexível. O pai, agradecido, mas com a falta de tato tão presente em alguns poderosos, propôs na frente de CPMF reembolsar o salário dele através de recibos entre nossas respectivas firmas. Ao recusar a oferta, aumentei as despesas do escritório, mas consegui um amigo, e melhor ainda, um auxiliar fiel.

Era hora de despachar CPMF para uma missão especial: ficar de plantão em frente ao Consulado Francês e observar se havia algum veículo que cumprisse uma rotina diária, em horários determinados. Caso isso ocorresse, deveria segui-lo em sua moto, sem chamar a atenção. Estaria dispensado de ir ao trabalho por dois ou três dias, e se nada fosse observado, deveria retornar ao escritório para as tarefas de rotina.

O hotel era um imã. Ao percorrer mais uma vez suas redondezas notei a presença de um carro com placa oficial e um discreto símbolo do Exército, estacionado agora em frente ao prédio na lateral direita, situado na rua transversal à avenida da praia. Conferi a numeração em minha caderneta e vi que era a placa que anotara no dia dos crimes. Não parecia mais ser mera coincidência, o que me foi confirmado quando, após umas duas horas, outro carro de características similares estacionou ao lado do primeiro. De minha experiência militar, concluí que estava diante de uma troca de guarda, com o motorista recém chegado conferenciando na calçada com o que saía do edifício, este o mesmo que estivera discretamente na coletiva de imprensa há um mês e meio atrás. Era o início de alguma coisa...

No dia seguinte encontrei CPMF no escritório, sorridente e com aquela ansiedade para contar alguma coisa. Em poucos minutos me relatou quem, como e quando saíra do Consulado da França nos dois últimos dias da semana anterior. Aqueles que mais se encaixavam no perfil que eu mencionara eram um vice-cônsul e seu fiel motorista e guarda-costas, como deduzi depois. No dizer entremeado de gírias do folclórico CPMF, os "malucos" (?) com cara de "cana" seguiam uma rotina imutável: duas visitas diárias à Clínica de Acidentados Santo Onofre, na Praça Nossa Senhora da Paz, uma pela manhã bem cedo e outra ao cair da tarde. Ele até dera plantão em frente à clínica na manhã de sábado, apenas para confirmar o que havia descoberto. Completando sua tarefa, fotografou o aviso colocado sobre o painel do carro informando que "este veículo é de propriedade do Consulado Francês, estando a voiture (sic) sob a responsabilidade do Captain (sic) S. Picquet e do adjudant-chef (sic) V. Kornilov em condução (sic) de tarefas oficiais, pelo que solicita às autoridades brasileiras toda e qualquer assistence (sic) que possa ser dada aos ocupantes e ao veículo, em particular quanto ao seu estacionamento preferencial nas vias du (sic) Rio".

Para completar, CPMF apresentou uma série de fotos do veículo, com a placa bem visível, estacionado na calçada da clínica. A última foto mostrava uma garota fora de foco em primeiro plano e bem visíveis e focados, os dois agentes. Aleluia! Em sua primeira investigação de campo, o rapaz acertara em cheio. Os dois franceses não deixavam dúvidas, cansara de ver tipos assim quando o USS Verne ancorava em Djibuti: dois militares, legionários veteranos, afeitos ao clima tropical e treinados para operações especiais. A questão agora apresentava uma ramificação militar, e a investigação tocara em um ponto nevrálgico: que papel teria Niederlust nessa história toda? Afinal, não fora ele um dos que subscreveram a carta de Sartre contra a tortura na Argélia nos anos 1960? Qual o motivo de militares calejados servirem de acompanhantes e mensageiros para um intelectual *blasé*?

Achei que estava na hora de relatar tudo a Pike, pois o caso não era mais de bala perdida atingindo um hóspede ilustre, havia alguma coisa de determinado no crime, os indícios eram muito fortes, e um "crescente odor de Rue de Saussaies",[7] como afirmara o exaltado correspondente de um diário parisiense no Rio, a propósito do "insólito ferimento infligido ao filósofo gaulês".

Sempre me espanta esse apego a um passado mítico tão forte na Europa, como se na antiguidade remota já estivessem concentradas todas as qualidades e características do povo. Não que tal comportamento seja privativo dos franceses, mas é um traço ridículo deles. Em contraposição, lembro-me de Père Verdier, meu professor de francês em Belo Horizonte, adepto irremissível do marechal Pétain que não se cansava de lembrar em suas aulas que os militares alemães que haviam ocupado Paris cediam seus lugares no metrô para os idosos, mulheres e deficientes físicos. Mais cavalheirismo por parte de ocupantes, impossível!

Faltava agora determinar a razão da vigilância militar no edifício vizinho ao hotel. Relatei a CPMF o pouco que havia descoberto, e pedi a ele que me acompanhasse ao local. Recomendei que tivesse o máximo cuidado, considerando que se fazer despercebido nas proximidades do edifício e do hotel era bem mais difícil do que na Praça N. Sra. da Paz. Provavelmente, haveria vigilância policial, sistema de câmeras no entorno do hotel e do edifício, além dos seguranças militares, sem considerar a complicação adicional dos *barbouzes*, de quem deveria manter distância como se fossem a própria peste negra.

---

7 Rue de Saussaies é o endereço em Paris onde, no nº 11, se situa o Ministério do Interior da França.

No entanto, a informação que buscava não me veio por qualquer ardil jornalístico: no bar do hotel encontramos Lenine, aquele de triste memória, artífice de minha prisão no final de 2002. Sentindo-se um tanto culpado, resolveu passar a informação de que o suspeito do disparo contra Niederlust era um general linha dura reformado de nome Duvall, residente na cobertura do edifício vizinho.

Primeiramente, tenho certa implicância com a expressão "linha dura", utilizada para caracterizar um determinado comportamento militar, quase sempre visto como condenável. Por absurdo, o que seria um militar "linha mole"? A dureza é característica intrínseca à carreira. Fui militar durante algum tempo e vivi a experiência desagradável de ter ao lado um "linha mole" em momento de risco. Por outro lado, não me agradam aqueles que, com o objetivo de compensar um erro anterior, vêm todos contritos se fazerem de bonzinhos. Expliquei que estava escaldado pelo que me ocorrera recentemente e estava me dedicando exclusivamente, desde então, ao jornalismo econômico. Agradeci a gentileza e mandei-o bugiar, com um silêncio constrangedor.

Telefonei a seguir a Pike marcando uma reunião na primeira hora do dia seguinte, pois as informações gerais de que agora dispunha deveriam ser analisadas cuidadosamente. Dispensei CPMF (prometo que será a última vez que o chamo assim, nas próximas ocasiões o farei pelo seu nome, Pedro) dos trabalhos de campo, não sem antes lembrá-lo de examinar e revisar os relatórios e textos da *Houston Oil Review* antes de serem remetidos, pois a vida não se resumia a flanar de motocicleta pelo Rio atrás de possíveis agentes secretos.

10. O OUTRO LADO DA COLINA

(Diário do General Duvall, Rio de Janeiro, 9 de janeiro de 2003)

> *Non, rien de rien/ Non, je ne regrette rien/ Ni le bien qu'on m'a fait/ Ni le mal/ Tout ça m'est bien égal.*[8]
> C. Dumont e M. Vaucaire, "Je Ne Regrette Rien", gravada por Edith Piaf em novembro de 1960, dedicada a um soldado da Legião Estrangeira e incorporada ao cancioneiro da tropa

Estou preparado para o período difícil que se aproxima. As medições da perícia indicaram claramente que os tiros partiram de minha varanda, fato, aliás, que qualquer um de inteligência mediana já teria concluído pelo simples exame do local.

Minha atitude foi de caso pensado, não negarei um fato já comprovado tecnicamente, só que para admitir a minha autoria vou esperar o momento adequado. Quero apenas fazê-los suar, sem que saibam o meu próximo passo. A única preocupação que tenho é com a in-

---

8 Não, nada de nada/ Não, eu não lamento nada/ Nem o bem que me fizeram/ Nem o mal/ Para mim é tudo igual.

columidade de minha neta Daniela. Foi difícil explicar a minha atitude, mas após uma longa conversa face a face, acho que ela entendeu. Consegui que embarcasse para Genebra, onde seus pais residem atualmente e podem protegê-la enquanto enfrento este contratempo. Sei que minha filha Sara, a fútil das certezas eternas, e seu marido Luiz Estevão, o diplomata das impropriedades, vão ficar irritados com a presença da Daniela, logo quando participam da temporada de esqui no Hotel Palais em Gstaad, junto ao exclusivo grupo de sibaritas de que fazem parte.

Para compor as dificuldades, tenho agora a presença alternada desses dois carcereiros enviados por Brasília, travestidos de guardiões da minha integridade física. Não sei se foram escolhidos por algum critério especial ou se por mera indicação de seu comandante. São eles os tenentes Marbhan e Guerra: o primeiro, um caso perdido, medíocre, indolente, sem opinião firme sobre qualquer tema, seja da própria carreira ou fora dela, com um interesse único em futebol e em combate mortal na TV, um bonobo de farda; o segundo é de outra estirpe, discreto, disciplinado, observador, e, ao contrário de seu colega, inteligente. Com uma boa orientação, se tornará um bom profissional. Notei que dirige constantemente o olhar para os meus livros na estante e já me pediu alguns deles emprestado.

Procuro avaliá-los em seu estado de espírito diariamente. É certo que corro risco de vida, pela simples razão que a minha morte encerraria todo o presente incômodo.

Depus semana passada diante de um promotor militar, de um coronel da 2ª Seção do Comando Militar do Leste e na presença de um advogado, amigo de longa data. Calei-me quando questionado se sabia quem disparara em Niederlust. Apresentaram-me memorandos e outros escritos meus sobre o uso de atiradores de elite, minha atuação como observador militar na Argélia e a experiência na campanha da Itália. Permaneci em silêncio. Permiti que realizassem uma busca no apartamento, nenhum fuzil ou carabina tendo sido encontrado. As outras armas curtas que arrebanhei durante a vida militar encontravam-se bem à vista, em uma estante de vidro. Foram vistoriadas na ocasião e constatada a ausência de disparos recentes em todas elas, fato que confirmava serem meros troféus. Apesar disso, foram testadas em laboratório de balística, e os projéteis comparados com os recolhidos no corpo da vítima e nas paredes do quarto do hotel. Compreendo que é necessário o procedimento, e isso não me aborrece.

Minhas restrições aparecem em outro campo: a imprensa fareja e açula a populaça, especulações estapafúrdias continuam a ser veiculadas e os tartufos dos editais e dos comunicados diplomáticos começaram seu habitual rebaixamento do Brasil. Os jornais franceses também já iniciaram aquele *tut-tut*, misto de crítica e de assumida superioridade em relação ao que acontece *là-bas*. Poucos sabem de minha ligação com a França: tenho parentes ainda vivos naquele país, e nos meados da década de 1930, fiz lá o curso médio, com bom aproveitamento. Não necessito que um editor de jornal literário me ensine as "glórias da França" quando parte de minha família de lá saiu, enxotada pela onda de antissemitismo, ao final do século XIX. Conheço há muito as glórias e as misérias da França, fui observador militar durante uma parte do conflito na Argélia, assisti à derrocada imposta pelos políticos ao Exército Francês e, por bem conhecê-las, e comparando os dois países, não vou denegrir o meu Brasil, país onde nasci e que, em ato de generosidade, acolheu meus avós paternos em um momento difícil de suas vidas.

Quem é Niederlust? Um filósofo? Um pensador? Ou apenas um charlatão que se aproveita da admiração subserviente de alguns falsos luminares aqui no Brasil? Quais são seus trabalhos mais recentes? Qual a tarefa que vem cumprindo, que teses vem orientando nas universidades brasileiras? Por que dizer que há dois períodos no ensino filosófico no Brasil, "antes e depois de Niederlust"? Será que antes dele era o nada? Esquecem-se de que não há contribuição intelectual que nasça de alguém de comportamento permanentemente torpe, degradante e criminoso.

Aguardo atento que a onda se quebre, e então trarei à tona o indizível, o hediondo, os crimes sem perdão. As provas estão todas coletadas, e espero que o ato que cometi em sete de dezembro passado seja esclarecido e justificado em outra instância que não a de um mero juízo criminal.

11. O FIM DO COMEÇO

(Rio de Janeiro, 13 de janeiro de 2003)

> *Agora, isto não é o fim. Nem é pelo menos o começo do fim. Mas é, talvez, o fim do começo.*
> Winston Churchill, após a vitória britânica sobre o Afrika Corps em El Alamein.

Um analista político, em tom irônico, disse que, nos países anglo-saxões, a inteligência é apreciada mais como um serviço do que como qualidade. Em contrapartida, britânicos, americanos, canadenses etc. poderiam dizer que os demais países estão sempre em busca de informações sem procurar a inteligência, em um ciclo eterno de naus sem rumo.

Tais considerações não foram cogitadas na reunião com Pike, que com a típica ambivalência dos estadunidenses em relação à França e aos franceses, passou a se referir aos legionários como "gambás mercenários". As fotos dos militares franceses e de seu veículo foram examinadas, escaneadas e arquivadas. Pike achava muito mais provável um atentado contra o velho militar brasileiro do que um sequestro para levá-lo a julgamento na França. Esta última alternativa esbarrava não só nas dificuldades de logística, como em uma possível reação do governo brasileiro.

Diante do novo quadro, Pike achou que deveria levar as informações aos órgãos de segurança da embaixada. Perguntou-me se eu o autorizava, o que na verdade era uma questão retórica, pois fazê-lo era sua obrigação, com ou sem minha permissão. Para compensar, prometeu verificar se havia algum registro sobre o General Duvall em arquivo da embaixada que lhe fosse permitido acessar.

12. Memorandos da sexta-feira

(Rio de Janeiro, 14 de janeiro de 2003)

> *Caesar, beware of Brutus; take heed of Cassius;*
> *come not near Casca; have an eye to Cinna, trust not*
> *Trebonius: mark well Metellus Cimber: Decius Brutus*
> *loves thee not: thou hast wronged Caius Ligarius. There*
> *is but one mind in all these men, and it is bent against*
> *Caesar. If thou beest not immortal, look about you:*
> *security gives way to conspiracy. The mighty gods defend*
> *thee!*[9]
>
> William Shakespeare, "Julius Caesar", Act 2,
> Scene 3 (Artemidorus)

Aviso aos leitores que as informações abaixo foram traduzidas do inglês, e, naturalmente ainda contêm imprecisões e omissões, algumas propositais. Foram, cer-

---

9 César, acautela-te de Bruto; toma cuidado com Cássio; não te aproximes de Casca; fica de olho com Cina; não confies em Trebônio; observa bem Metelo Címber; Décio Bruto não te ama; ofendeste Caio Ligário. Todos esses homens estão animados de uma única intenção, que se volta contra César. Se não fores imortal, olha à volta de ti. A negligência favorece a conspiração. Que os deuses poderosos te defendam.

tamente, preparadas para esclarecimento de alguém de alto nível na Embaixada dos Estados Unidos.

Nota Intelint/ Rio

A) Nome: Albert Moura Duvall.
I. Nascimento: 01/junho/1917, em Recife.
II. Formação profissional:
— admitido na Escola Militar em janeiro/ 1935;
— declarado aspirante em dezembro/ 1937.
III. Cursos complementares
— Infantry School Ft. Benning, Ga, 1944, USA;
— Estado-Maior do Exército, Rio de Janeiro, 1954, Brasil;
— Escola Superior de Guerra, 1967.
IV. Anotações
É um soldado. Inteligente, dedicado à sua profissão e capaz de grandes sacrifícios. Nunca teve ambições políticas nem "gosta de palco", levando uma vida simples. Apreciador moderado de vinhos. Teve atuação destacada na Itália, onde comandou uma companhia de infantaria. Ao final da campanha, em uma localidade próxima ao rio Pó, sua tropa foi fundamental na recuperação de uma companhia da nossa 10ª divisão de Montanha que se encontrava em extrema dificuldade. Após o combate, Duvall se empenhou em localizar um grupo partisan comunista da Brigada Popular que vinha cometendo atrocidades. Esse grupo torturara, estuprara e matara três jovens irmãs um dia antes do combate em Verbena. Ao encontrá-los, a tropa comandada por Duvall os desarmou e os levou acorrentados uns aos outros ao Comando Aliado na área, o que causou certo mal-

-estar. Por razões políticas os guerrilheiros foram libertados, o Comando Aliado ignorou o dossiê preparado por Duvall, completo com fotos e croquis da cena do crime. Sua determinação em encontrar culpados de um delito em plena área de guerra valeu-lhe o apelido de "rabino" na ocasião. Consta que Duvall é uma adaptação do sobrenome original Duwallsen, de origem judaica.

No mesmo combate, sua tropa neutralizou dois atiradores de elite inimigos, capturando equipamentos e armas, além de manuais, que ele estudou com atenção. Passou a ser um adepto desse tipo de operação e procurou desenvolver seu uso no Exército Brasileiro. Era respeitado por seus comandados, cultivando a iniciativa da tropa. Tendo capturado um morteiro alemão de 120 mm completo logo no início de seu comando, incorporou-o ao armamento de sua companhia, e embora ironizado por outros oficiais, usou-o com êxito em várias operações. Sua conduta pessoal inatacável e o tratamento dado aos subordinados e também a prisioneiros foi louvado em várias ocasiões.

É apreciador de ópera em geral e da literatura francesa, tanto a clássica quanto a popular, dos romances de espadachim. Foi Observador Militar na guerra da Argélia durante o período 1958-1961, tendo retornado ao Brasil quando da revolta do exército colonial francês em abril de 1961. Estudou as técnicas anti-insurreição dos militares franceses e acompanhou com tal empenho as operações militares resultantes, que já ao final do seu tempo no norte da África era tomado pelos gauleses como "um dos nossos". Entrevistou Georges Bidault quando este se asilou no

Brasil de 1963 a 1968, na cidade de Barbacena. Tais entrevistas causaram irritação no MRE, já preocupado com a situação precária das relações Brasil-França. Dessas entrevistas com o político francês saiu um livro, *Conversas com Bidault*, que, apresentado na Escola Superior de Guerra, examinou pontos obscuros da crise política francesa gerada pela guerra na Argélia. O trabalho não foi divulgado para o público em geral, mas há uma cópia disponível no arquivo.

Por sua formação e comportamento ainda tem grande prestígio no Exército, apesar de ter passado à reserva em 1975, por iniciativa própria, quando da crise no Alto Comando daquele ano.

Sua dedicação maior é à única neta, de nome Daniela, atualmente na faixa dos dezoito anos. A garota é excelente aluna do curso de matemática superior, um motivo de orgulho para o velho militar, fanático por problemas de geometria e álgebra.

V. Nota final

Jean Sebastien Durieu-Vitry é ex-oficial do Exército Francês. O irmão mais velho de Vitry foi colega de Liceu de Duvall. Encontraram-se durante a guerra da Argélia, e apesar da diferença de idade e das personalidades opostas, tornaram-se amigos. Desafiam-se frequentemente com charadas, quebra-cabeças, questões de álgebra, geometria e similares. Visitam-se sempre que Durieu-Vitry vem ao Brasil, ou nas poucas vezes em que Duvall vai à França. As esposas também eram amigas, e quando Duvall ficou viúvo, em dezembro de 2000, o casal francês veio para o funeral, permanecendo quase um mês com Duvall.

Durieu-Vitry é uma figura curiosa. Participou do *putsch* de 1961 contra De Gaulle e, posteriormente, de vários atentados da OAS, tendo a cabeça a prêmio até a anistia concedida por De Gaulle. Abrigou-se por vários anos em uma fazenda do interior de Pernambuco, de propriedade de um primo de Duvall, sem nunca ser incomodado, retornando à França quando anistiado em 1967. De sua permanência ficou o domínio completo do português como falado no nordeste, e uma paixão pelo Brasil que acomete não poucos franceses.

Este nobre sem grandes recursos financeiros orgulha-se de ter entre seus antepassados uma índia brasileira, levada para a França no século XVI. Vive de magra pensão militar e de serviços de grafólogo na seleção de candidatos para empresas, procedimento aparentemente comum na França e que lhe tem proporcionado algum retorno financeiro.

Intelint/ PAR acompanha sua atuação política no Front National (Le Pen).

WOLF - Dez/2001

B) Jacques de Niederlust

I. Nascimento: 10/junho/1930, Antuérpia, Bélgica.

II. Formação profissional

Formado em filosofia pela Universidade de Louvain em 1952;

Doutorado em filosofia pela Sorbonne em 1955.

III. Anotações

Nascido na Bélgica, na região de fala alemã, é filho único de um casal de atores do teatro de boulevard em Paris, desde muito pequeno criado e educado na França. A infância e parte da adolescência foram vividas no período tumultuado e de penúria dos anos 1930 e durante a ocupação.

Niederlust não é nome judeu, mas motivou denúncias de vizinhos à Gestapo. A família escondeu-se em uma fazenda próxima à fronteira espanhola, escapando das deportações em 1944, voltando a Paris quando da liberação da cidade. Não se filiou ao PCF, tendo mantido atuação política reduzida.

É considerado um bom professor e muito cultuado no Brasil, onde lecionou no RJ e SP.

Não há registros de familiares ou descendentes.

Nenhuma outra info relevante de Intelint/PAR.

Re: Badger/ Jan 2003

Outros autores colocariam a seguir um expletivo, como "BINGO!", para dar a entender ao leitor que deste ponto em diante tudo se esclareceria.

Sinto desapontá-los, mas os perfis acima indicam que as informações sobre Duvall estavam desatualizadas em um ano, no mínimo. Por outro lado, a magreza no perfil de Niederlust, a data mais recente do documento e as autorias diversas dos informes caracterizam pressa, demonstrando que as análises haviam sido preparadas para alguém da Embaixada designado para acompanhar o caso.

A hipótese que fiz na ocasião é que a notícia do incidente com Niederlust havia chegado à Intelint, provavelmente, através de algum agente infiltrado na PF, sem qualquer menção ao garoto de rua morto nas proximidades do hotel. Ficava evidente que o local de onde haviam partido os tiros já fora identificado pela PF.

Aqui se encerrava também a colaboração de Pike, a quem agradeci pelo empenho. Como prêmio extra, "ganhei" a gravação de uma chamada telefônica originada dois dias antes de um aparelho público situado na rota N13, quase na metade do caminho entre Toulouse e Carcassone, para a casa Duvall. Apesar de ser em francês extremamente coloquial, consegui, ainda que a duras penas — e graças ao querido padre Verdier, o apreciador de cavalheiros alemães —, entender o teor da conversa, que transcrevo abaixo:

— Rabino?

— Índio de Garanhuns?

— Na mosca... Como vai seu conhecimento do bardo inglês?

— Sofrível, sempre...

— Essa é fácil: Artemidorus em JC. Eles são três "cascas grossas", e vieram de Porto Calvi numa velha carruagem repleta de tapetes...

— Grato. Devo chamar Roseville para qualquer outro contato posterior, e usar o endereço de lá para enviar carta?

— Sim, mesmo fone de duas semanas atrás e o endereço usual...

— Obrigado e abraços.

— *À bientôt, rabbi.*

13. CALMARIA APARENTE

(Diário do General Duvall, 14 de Janeiro de 2003)

Pieds-noirs: *imigrantes brancos da Argélia que, com a independência, fugiram em massa para a França.*

Harkis: *imigrantes de origem argelina que lutaram ao lado dos franceses e permaneceram leais ao país; seguiram o mesmo caminho dos* pieds-noirs *e foram recebidos na França com raiva, desprezo ou indiferença.*

El-Biar: *centro de detenção e tortura usado no combate aos insurretos da Argélia.*

Como são previsíveis... O conhecido ardil de enrolar o sequestrado em tapetes e despachá-lo para El-Biar, ou desaparecer em definitivo com o corpo, conforme o caso. Ter um "índio velho" antenado na França é um *plus* considerável...

Para mim, o elemento surpresa já se foi, e agora começo os preparativos para o combate. Não vou, ao final da vida, caminhar como um cordeirinho e aguardar que Marbhan e/ou Guerra venham a ser minha única defesa. Seja do governo recém empossado ou mesmo do anterior, esperar atitude independente e altiva coibindo qualquer ação clandestina contra mim seria perda de tempo.

Distribui três armas curtas por gavetas no apartamento, sempre com munição sobressalente ao lado, e sob a mesa da sala ocultei uma escopeta calibre 12 de uso de tropas especiais — tudo isso durante as trocas de guarda Marbhan x Guerra na calçada do edifício. Desde hoje passei a portar permanentemente uma auto 45 compacta em um coldre preso à perna esquerda. A estrutura já está montada. Agora é esperar o ataque.

As hipóteses que faço são:

— sequestro e transporte clandestino a um território francês, para interrogatório e julgamento;

— sequestro e, após tortura punitiva, desaparecimento.

Inclino-me pela segunda, tem certo saudosismo inerente à questão argelina, uma espécie de contrição forçada que me será imposta por minhas críticas à guerra colonial no norte da África, ao comportamento dúplice do inefável De Gaulle, desde que assumiu a presidência e a quinta república, suas manobras políticas e indiferença quanto ao destino dos *pieds-noirs* e *harkis*. As entrevistas com o Dr. Bidault também aumentaram a carga. Que ódio devo despertar em alguns que me conheceram na Argélia...

Com três agentes, um, o motorista da "carruagem", ficará na garagem, aguardando os outros dois efetuarem a "entrega" e retornarem com o "tapete velho". Já devem ter até um galpão isolado, próximo a eixos como a Linha Amarela, Vermelha ou Avenida Brasil, para conduzirem e torturarem o incomodante.

Se forem previdentes, o que é de se supor, estarão disponíveis no cativeiro todos os "instrumentos de sua especialidade", aqueles que se utilizados em um ser humano fazem com que este confesse qualquer coisa em pouco tempo.

Tenho de estar atento, principalmente quando o molenga Marbhan estiver de guarda, o que poderá ocorrer já amanhã de manhã, antes da chegada de seu substituto.

Fiz a remessa dos documentos e anexos para o Índio, ele vai guardar o material e explodi-lo no momento certo.

14. DÉBÂCLE

Deliberar é tarefa de muitos homens. Agir, de um só.
Charles de Gaulle, estadista e militar francês.

Relatório preliminar DIES/RJ - Jan03 - 21/ Jan/2003
De: J.P. Serrano - Delegado Especial.
At: Sr. Del. Supt. R. Justo

Em relação ao atentado contra o General Duvall, há uma semana, considera-se que deve ter alguma relação com os tiros contra o prof. Niederlust.
O ilícito em pauta resultou em:
1. Morte dos perpetradores do ato criminoso;
2. Prisão do motorista do grupo criminoso e a apreensão do veículo de apoio ao delito;
3. Ferimentos no próprio General e em um dos tenentes do Exército que compunha a guarda do referido oficial superior (Guerra).
O veículo apreendido continha um *laissez-passer* assinado pelo cônsul-geral da F. no RJ, dando como auxiliares administrativos do consulado os srs. Picquet e Kornilov e solicitando toda a colaboração das autoridades brasileiras aos referidos senhores. Quando questionado por um de nossos agentes, o cônsul

não reconheceu sua própria assinatura no cartão. Os dois mortos foram levados ao IML para necropsia e possível identificação. Em suas roupas foram encontradas, além dos objetos comuns, carteiras de motorista argentinas em nome de Emiliano Rojas e Samuel Dorfmann.

Os documentos restaram falsos após consulta ao Consulado Argentino, que encaminhou cópias dos documentos dos verdadeiros Rojas e Dorfmann, ambos já falecidos. O motorista também possui identidade argentina em nome de "Hector Rivas", nos mesmos moldes de seus comparsas, e se recusa a dar qualquer informação adicional.

No veículo apreendido foram encontradas mordaça, algemas e correntes, além de uma seringa e frasco com um líquido que se revelou um poderoso anestésico, o que reforça a suposição de sequestro. Os dois mortos portavam pistolas Browning 9mm belgas, com numeração raspada. Uma delas foi disparada duas vezes, sendo responsável pelos ferimentos no General e no Tenente Guerra. A pistola de "Rojas" não disparou. O motorista "Rivas" portava apenas um bastão telescópico usado em defesa pessoal.

O morto mais jovem ("Rojas") recebeu uma carga dupla de cartucho 12, tendo morrido instantaneamente, enquanto que "Dorfmann" feriu o General no braço e perna direitos, o segundo disparo pouco antes de ser atingido mortalmente no tórax por projétil de revólver Magnum .357 (Marbhan).

Além de todos estes fatos ainda sem clarificação completa, o Tenente Guerra foi ferido por bala disparada da mesma arma que matou "Dorfmann" e por sobras dos balins da escopeta do General, o que indica que (Guerra) entrou no apartamento na companhia dos atacantes. O outro tenente (Marbhan) saiu ileso, apesar de participação na ocorrência. A arma de Marbhan (revólver Magnum Taurus, calibre 357), a pistola Taurus 9mm do Ten. Guerra (não foi disparada) e a escopeta do General (Browning 1897, modelo militar) foram periciadas apenas em busca de digitais, e levadas pelo representante do Exército (Major Freitas) que acompanhava os trabalhos de "cena de crime" da PF. O Major recusou-se terminantemente a entregá-las aos nossos peritos, sob a alegação de que disparo por militar em serviço configura investigação privativa, conforme a legislação penal militar. Permitiu, entretanto, perícia de digitais e fotografias das mesmas (sic).

A cena do crime foi extensamente fotografada e filmada em vídeo antes do recolhimento das armas, procedimento também efetuado em separado pelo Major Freitas.

Os dois feridos foram transportados para um pequeno hospital militar situado na Fortaleza de Santa Cruz e estão incomunicáveis, pelo menos para a PF.

Será dado prosseguimento aos levantamentos já iniciados com o objetivo de trazer mais informações ao inquérito. Prevê-se, no entanto, grandes dificuldades com o Exército, apesar das declarações em contrário de outras autoridades. Roga-se a esta Chefia que o assunto seja levado ao Ministro da Justiça para coordenação com o seu par da Defesa.

Considerando que há uma ligação, ainda que não provada, entre o caso Niederlust e a presente ocorrência, solicito também que seja providenciada por esta Chefia uma autorização com o objetivo de colher o depoimento do professor Niederlust, bem como acesso ao relatório médico de seu atendimento, dado que o referido alienígena (sic) usa passaporte diplomático.

Ass.: *Jacob Perez Serrano.*
Delegado Especial lotado no Departamento de Investigações Especiais/ Rio (DIES).

Agora era Pike que me chamava ao consulado para mostrar o documento que o informante na Polícia Federal lhe passara. Estava exultante com a armadilha mortal em que haviam caído os *merc skunks* [gambás mercenários], mais um capítulo na tumultuada relação França x Estados Unidos. Perguntou-me de imediato se havia alguma foto tirada pelo Pedro — ex-CPMF, não custa lembrar — que os ligasse ao governo francês. Com efusividade pouco comum, disse-me que, como rescaldo, havia conseguido identificar o Chefe de Estação francês no RJ. O relatório acima era uma gentileza que me repassava e um convite para que reatássemos a colaboração. Seu mais recente ídolo era o General Duvall, cuja ação lembrava um US Marshall que conhecera no Arizona de sua juventude. Realmente, o ocorrido possuía aquele *glamour* tão caro a muitos de meus compatriotas, que veem — erradamente, a meu ver — na ação individual e na autodefesa armada os pilares da democracia nos Estados Unidos.

Meu ponto de vista aparte, como tal atitude deveria ser interpretada? Um ato de desespero de um velho militar, frustrado ao ver o Exército espezinhado por sucessivos governos civis? Há que haver uma explicação para que um homem de mais de oitenta anos se prepare para enfrentar dois profissionais de operações especiais, confiando apenas em sua *expertise* em combate de muitos anos atrás. Tudo considerado, penso que Duvall foi muito favorecido pela sorte. Vou tentar uma entrevista com ele, pois o caso gira à sua volta.

Os jornais brasileiros apresentaram Duvall, durante toda a semana, como um militar senil e violento, sendo que Lenine, (debaixo de que pedra ele se esconde para aparecer de tempos em tempos?), sugeriu em reportagem "que o General era violentamente argentinófobo (sic!), e, irritado com uma firma platina (sic!) de tapetes, que tentara entregar erroneamente uma mercadoria em sua casa, fuzilara os pobres entregadores (...)". Faltou apenas explicar o porquê de entregadores de tapete, ainda que argentinos, portarem pistolas 9 mm e abrirem fogo quando enxotados por clientes.

Li também que, após reuniões entre a chancelaria brasileira e a Embaixada da França, através de uma troca de notas tornada pública pelos dois governos, "ficava autorizado o repatriamento, por razões puramente humanitárias, do insigne professor Jacques de Niederlust, recentemente vitimado por um brutal atentado, o qual se encontra sob investigação dos órgãos de segurança federais até seu completo esclarecimento". A nota também dava conta de que um avião militar francês seria autorizado a pousar no Rio de Janeiro, para conduzir Niederlust de volta ao seu país.

Observo, no Brasil, que quanto mais fantasiosa e inverossímil a versão de um fato, mais fácil é sua aceitação pela sociedade. Acompanhei e li sobre a recente história do país e a quantidade de "mortes misteriosas" de figuras públicas, todas com versões rocambolescas — algumas até apresentadas em livro —, o que me leva a pensar que os poderosos no Brasil só morrem de causas infligidas por outros; se deixados em paz, viveriam eternamente, em contraposição a nós, os comuns. Seriam eles, os poderosos, como dizia Orwell, "mais iguais que os outros" até em seus momentos finais?

15. Crime e Castigo

(Diário do General Duvall, 28 de janeiro de 2003)

É uma procissão infinda de surpresas. O esperado raramente ocorre, e nunca da maneira esperada.

Vernon A. Walters, militar e diplomata norte-americano

Legio Patria Nostra.[10]

Lema da Legião Estrangeira

Da janela do quarto do hospital tenho uma visão privilegiada da entrada da Baía de Guanabara. Na tarde deste dia, sentindo-me fisicamente melhor e me recuperando dos ferimentos, recomeço a anotar no diário.

Estou espantado com o julgamento completamente errôneo que fiz do Ten. Marbhan. Ele foi instrumental em minha defesa, pressentiu que a entrada dos *barbouzes* era para valer e não comportava hesitação. Colocou-se fora da linha de tiro dos invasores e abriu fogo contra o segundo deles, acertando-o no tórax, con-

---

10 A Legião é nossa pátria.

seguindo evitar que fizesse mais algum disparo. Tive a sorte de eliminar de imediato o primeiro atacante usando a escopeta Browning. Perturbou-me também a atitude do Ten. Guerra, que, cooptado pelos atacantes, ensaiou atirar em Marbhan, mas este último se revelou excelente no posicionamento e nos tempos de disparo, colocando-o fora de ação. Agora vai caber ao Chefe do IPM determinar em que crime do CPM o traidor será enquadrado. Inutilizado em definitivo para a carreira, ele está, ferido duplamente no abdômen e na parte externa da cabeça. Segundo os boatos da "rádio pirata" (enfermeiros e auxiliares do hospital), apresenta lapsos de memória, molha e suja as fraldas que passou a usar, chupa o dedo, muda do riso para o choro subitamente e volta e meia pergunta quando ficará "bonzinho e vai ver mamãe".

O Tenente Marbhan esteve comigo assim que pude receber visitas. O silêncio prolongado de minha parte fez com que ele iniciasse a conversa, e revelou-se diametralmente oposto à minha avaliação: passara-se por displicente e pouco afeito ao dever por haver notado, logo no início, que seu companheiro de guarda, além de inseguro, fazia frequentes ligações através do celular, em flagrante quebra de sigilo. Em um dia que Guerra esqueceu o telefone no meu apartamento, Marbhan anotou todos os números chamados e passou a investigá-los, encontrando uma rotina de dois telefonemas diários para outro celular, registrado em nome de S. Picquet, com endereço em um galpão situado em Bonsucesso próximo ao cruzamento Linha Amarela com a Avenida Brasil, conforme eu já havia imaginado. Verificou que o galpão era frequentado por três indivíduos em uma mesma caminhonete, com placas alternadas de diferentes estados e até da Argentina.

Pergunto-me agora: onde está a minha percepção de fatos e pessoas de que tanto me orgulhava? Será que Marbhan é um desses indivíduos que se amoldam aos fatos e ao seu contorno, procurando deste modo evitar qualquer atrito possível? Pensando bem, não agiu como um camaleão, mas adotou a tática dos ronin japoneses, colocou-se tão desprezível que seu companheiro de guarda considerou-o incapaz de qualquer atitude ou reação firme.

Não sinto remorso pela morte dos legionários. Eram profissionais e sabiam dos riscos que corriam. São combatentes valorosos, fiéis a seus comandantes. Haver conseguido sobreviver a um golpe de mão desses na minha idade, é raridade. O destino do motorista também me é indiferente. Caso seja "repatriado" para Porto Calvi ou Djibouti, bom proveito. Eventualmente, se for condenado no Brasil, vai passar alguns anos em um cadeião qualquer e mandado embora após cumprir uma parte da pena. Também desejo bom proveito da experiência, talvez lhe traga novas visões sobre o amor sujo que Genet tão bem descreveu em seus livros.

Penso ainda que esteja em tempo de assumir às claras os tiros contra Niederlust, ou irei passar apenas por um velho lunático, autor de disparos a esmo. O calhorda vai ser repatriado, segundo a nota subserviente redigida pelo governo brasileiro.

Na próxima visita do Ten. Marbhan vou requerer a presença do Promotor Militar que acompanha o inquérito. Farei um relato circunstanciado, na presença de meu advogado, desde a chegada do farsante ao hotel, das orgias que praticava com meninos quase todas as noites, culminando na morte do garoto encontrado na caçamba após uma "festa de embalo".

Quando será que o Brasil terá um governo digno de ser grafado com letra maiúscula, um que realmente defenda seus verdadeiros interesses, que não se amedronte diante de arreganhos de outras nações?

16. *MANU MILITARI*

Law and Justice are different things.[11]
Burt Lancaster, US Marshall Maddox no faroeste
"Lawman"

De: P.E. S. Marbhan - Ten. Art. - DEICEX/RJ
Para: Saulo G. Freitas - Major Adj. - DEICEX/RJ
- IPM 007/2003
Data: 28/Jan/2003

Conforme informado anteriormente por telefone, da minha observação pessoal e do depoimento prestado pelo General Duvall antes do atentado que sofreu em 14/jan pode-se supor que os tiros disparados contra o professor Niederlust, a morte de um garoto na vizinhança ou mesmo no interior do hotel e o atentado ao General estão entrelaçados.

O General está inteiramente consciente, penso até que conformado com o fato de que, mais dia menos dia, tanto as investigações em condução pela DIES (DPF) quanto pelo DEICEX chegarão a explicações razoáveis para os fatos.

Nossa tarefa é limitada ao atentado ao General, mas, diante do acima exposto, creio ser necessária

---

11 Lei e justiça são coisas diferentes.

uma colaboração maior com a Polícia Federal, pelo que solicito autorização para:

1. Reunir-me com o Delegado Especial na DIES/PF (Serrano) que acumula as duas investigações (o caso Niederlust e o atentado ao Gen. Duvall);

2. Fazer uma varredura com detector de metais no apartamento do General para localizar a(s) arma(s) longa(s) utilizada(s) no caso Niederlust;

3. Com a colaboração do delegado da PF, levantar se há alguma ligação entre o caso Niederlust e a morte do garoto de rua, já que os empregados do hotel comentam livremente que o professor era visto com frequência na companhia de menores, inclusive mantendo-os por horas em seus aposentos;

4. Um fato até agora não esclarecido é quem transportou o corpo do garoto até a caçamba, de que modo e quando, caso se confirme a presença do menor no quarto do professor.

É evidente que o General, apesar de idoso, tem pleno comando de suas faculdades mentais e além de tudo é bastante arguto em seu relacionamento pessoal. Tem um lado professoral e extremamente eficiente de se reportar. Ficou um tanto decepcionado em ter-me subavaliado, mas como eu já havia relatado ao Sr. Major, o comportamento do Ten. Guerra me deixara preocupado, e suas chamadas não autorizadas no celular de serviço obrigaram-me à simulação de displicência, criando entre os subversivos um clima de despreocupação quanto à minha eventual reação durante o atentado do qual o Ten. Guerra viria a ser cúmplice.

Sugiro que se peça autorização prévia do General Duvall para a varredura a ser realizada em seu apartamento. Tal autorização poderia ser substituída por uma Ordem Judicial, mas meu sentimento é de que ele não irá se opor ao pedido.

Atentamente,
P.E.S. Marbhan
Ten. - DEICEX/RJ

De: Saulo G. Freitas - Major Adj. - DEICEX/RJ - secretário do IPM 007/2003
Para: P.E. S. Marbhan - Ten. - DEICEX/RJ

Autorizo o requerido em seu memorando de 28/01/2003, em particular que sejam levadas ao DPF as armas utilizadas no atentado para perícia na referida organização, e trazidas posteriormente ao DEICEX/RJ para acautelamento.

Recomendo reexaminar o item 4 de seu memorando.

Caso a busca seja coroada de êxito, informar previamente a esta Chefia para deliberação superior quanto a novas ações investigativas.

Att.
S.G. Freitas
Major Adjunto - DEICEX/RJ

17. INCOMPREENSÃO

(Diário do General Duvall, 30 de janeiro de 2003)

*The Irish do not want anyone to wish them well;
they want everyone to wish their enemies ill.*[12]

Harold Nicolson, diplomata e escritor inglês

Este Tenente Patrick Edward Silva Marbhan a toda hora me surpreende. Mais uma vez me interrogo se estou perdendo a capacidade de avaliar os outros, qualidade que me atribuí durante toda a vida e confirmada inúmeras vezes ao longo do tempo.

Veio me pedir autorização para fazer uma varredura no apartamento com a intenção de localizar eventuais outros projéteis disparados, e durante o tempo todo com a cara contrita de coroinha irlandês flagrado pelo padre quando bebia vinho da sacristia!

Justificou o pedido dizendo que poderia obter autorização judicial, mas achava que eu, como alvo de um atentado, estava interessado em esclarecer o caso.

Além disso, faz constantes anotações em um ca-

---

12 Os irlandeses não querem ninguém a desejar-lhes o bem; querem que todos desejem o mal a seus inimigos.

derno de bolso na cor laranja, fechado por fita elástica e com alça na borda para a indefectível lapiseira, retornando várias vezes a questões passadas e solicitando mais e mais esclarecimentos. O ritual, cansativo, deixa--me irritado. Não tivesse visto no tiroteio sua rapidez e capacidade de decisão, começaria a pensar que o Ten. Marbhan é caso de personalidade múltipla.

Fiz um único disparo, e de escopeta, quaisquer balins encontrados apenas confirmarão o já sabido, que fui responsável pela morte de "Rojas" e ferimentos em Guerra. Marbhan abateu "Dorfmann" e também feriu Guerra. "Dorfmann" atingiu-me duas vezes; calculo, portanto, que foram apenas dois disparos, pois eu era o alvo e o legionário um profissional. Que disparos adicionais seriam esses? Localizar a arma que usei contra o filho do cão do Niederlust é a verdadeira intenção de Marbhan. Faça-o, se puder.

Eu iria "abrir o jogo", como se diz, mas este minueto está me cansando, minha neta está longe e ainda "sem clima para voltar", como me disse em seu último e-mail. O embaçar de minha vista esquerda anda pior, e o mesmo sintoma aparece agora na direita. Há quase quarenta anos, durante a intervenção em São Domingos, quando orientava a equipe de atiradores brasileiros, fui ferido na perna por um dos desordeiros que se autodenominavam "tigres", e em menos de uma semana estava andando de novo. Agora, tenho que permanecer sob cuidados constantes da enfermagem, até o banho é acompanhado, por ordem médica.

Cruzar no corredor com o traidor Guerra me enoja, e ler os jornais, com sua dose diária de imbecilidade e imoralidade, mais ainda. Pedi ao Marbhan que, após a inspeção no apartamento, me trouxesse dois li-

vros de exercícios de matemática que estão sobre a es-
crivaninha e o computador portátil, para que eu possa
ocupar meu tempo.

Tenho também que contatar o Índio através de
e-mail, pois telefone está obviamente fora de questão.
Minha preocupação é de que alguma notícia chegue distorcida à minha filha e genro, o que os fará suspender o
retorno de Daniela. É um preço muito alto, e que vou ter
que pagar de alguma maneira.

18. Preparação

*Não penso que se deva dizer a eles,
antecipadamente, o que iremos fazer. Deixemo-los
pensar. Preocuparem-se. Surpreenderem-se. A incerteza é
a mais aterradora de todas as coisas.*

Vernon A. Walters, general e diplomata norte-
americano

De: P.E. S. Marbhan - Ten. Art. - DEICEX/RJ
Para: Saulo G. Freitas - Major adjunto - DEICEX/
RJ - Secretário do IPM 007/2003
Data: 31/01/2003

Foi feita a varredura de todo o interior do apartamento do General com o novo detector DMIN
Mod19, sem que se obtivesse qualquer resultado.
Consideramos que o local mais provável do disparo
fosse a varanda, situada na parte superior do apartamento, que não dispõe de nenhum cômodo a não ser
uma pequena área com telhado protegendo a churrasqueira, que, apesar de improvável, foi também subme-
tida à varredura. E lá, atrás de uma peça de madeira
entalhada, fixada no topo da parede da churrasqueira
e que, à primeira vista, parecia um elemento decorati-
vo, ao serem retiradas duas pequenas cunhas laterais
revelou-se um compartimento com dimensões apro-
ximadas de 1,8 x 0,45 x 0,45m, com os seguintes itens:

— 1 fuzil Carcano, fabricação italiana (1943), cal. 6.52 mm x 52 mm;

— 1 mira telescópica alemã, 6x ZF42-5, fabricação de 1943, com dispositivo de fixação para arma longa;

— 2 caixas plásticas, com 50 projéteis cada, fabricação norte-americana recente, ambas para uso no fuzil Carcano;

— 1 caixa plástica com 40 projéteis, fabricação norte-americana recente, calibre 30.06;

— 1 conjunto de ferramentas em miniatura, fabricação alemã em 1943, para ajuste de mira telescópica;

— 1 binóculo militar Zeiss para uso noturno, compacto, produzido na República Democrática Alemã em 1985;

— sacos de sílica gel com data de fabricação recente (dez/02).

O compartimento foi fotografado usando-se para datação das fotos um exemplar do jornal *O Povo*. A perícia da arma e da munição acima citadas indica que (a arma) foi disparada há algum tempo; há resíduos de pólvora no mecanismo interno, impressões digitais completas nas partes de madeira e parciais no gatilho, na mira e na parte superior do cano. Na parte inferior da coronha foram observadas diminutas manchas secas, com odor de perfume e chocolate.

Recomenda-se que logo após o recebimento dos relatórios periciais, deve-se confrontar o General Duvall com os novos elementos descobertos. Tal procedimento não violará qualquer direito do referido oficial, desde que:

— seja notificado de que irá depor como suspeito de delito sob investigação civil, o que provavelmente deverá levar a outros depoimentos na PF e na Procuradoria Federal. Sugere-se que o referido depoimento, para fins militares, seja tomado na própria Fortaleza, em sala adrede preparada para tal, com gravação em vídeo;
— esteja presente seu representante legal.

Da mesma maneira que no primeiro depoimento do General, faz-se necessária ainda a presença de oficial superior, como observador do Comando Militar do Leste.

Nesse meio tempo, antes do depoimento, será feito contato com o Del. Serrano de modo a informá-lo do andamento das investigações e obter a colaboração da PF no exame de compatibilidade dos projéteis retirados da cena do crime no hotel, inclusive os que se alojaram no corpo da vítima, com amostras obtidas pelo ensaio balístico da arma, utilizando-se exemplares da munição apreendida na residência do General.

Em tempo: a PF tem em seu poder dois projéteis de pistola automática de calibre 7.65 mm retirados da parte inferior dorsal de Niederlust, tudo indicando que alguém dentro do quarto do hotel também disparou contra ele.

Atentamente,
P.E. Marbhan
Ten. - DEICEX/RJ

De: Saulo G. Freitas - Major Adj. - DEICEX/RJ - secretário do IPM 007/2003
Para: P.E. Marbhan - Ten. - DEICEX/RJ
Data: 03/02/2003

Autorizo o requerido em seu memorando de 31/01/2003.

Caso os resultados dos ensaios de balística configurem uma situação de risco institucional para a Força, informar diretamente a esta Chefia para deliberação superior quanto ao seu encaminhamento.

Atentamente,
S.G. Freitas
Major Adjunto - DEICEX/RJ

19. Marcando sob pressão

(Diário do General Duvall, Rio de Janeiro, 3 de fevereiro de 2003)

> *O preço da liberdade é a eterna vigilância.*
>
> Atribuído a Thomas Jefferson, e lema da UDN,
> antigo partido político brasileiro

São sete horas da manhã e já recebi um telefonema do Ten. Marbhan avisando-me de que está marcando para hoje à tarde um segundo depoimento meu, "agora à luz de novos acontecimentos".

Entre outras recomendações, lembrou-me a necessidade da presença de advogado, similar ao depoimento anterior. Disse-lhe que veria a disponibilidade do advogado considerando o curto espaço de tempo do aviso, mas que, em princípio, não havia objeção de minha parte.

O uso da palavra "similar" indicou-me que iria depor, não como testemunha, mas como suspeito de haver cometido delitos: de um lado, perturbação da ordem pública, e na outra ponta, tentativa de homicídio.

Vou telefonar ao GAF e ver como se configura o

quadro geral. Aproveito para levá-lo a um restaurante de pescado aqui próximo ao Forte, tomaremos um vinho e conversaremos sem intromissão de outros. Avaliaremos se cabe uma confissão completa e quais as consequências. A menos que seja decretada minha prisão, vou requerer alta hospitalar. Se permanecer sob vigilância constante, que pelo menos seja em casa.

Após tantos anos, é um ex-subordinado e amigo que me dá esse apoio legal: Geraldo Amador Filho, tenente do CPOR na FEB, filho de diplomata, fluente em inglês, alemão e francês, de uma coragem a toda prova, duro no interrogatório dos oficiais prisioneiros, que se assustavam ao ver aquele mestiço magro, quase franzino, de repente se agigantar e, com total domínio da língua alemã, ir extraindo deles todo tipo de informação militar. Apesar da inclinação política de esquerda, GAF tinha sido instrumental na montagem do caso das moças trucidadas em Verbena, e nunca se conformou com o desinteresse do Comando Aliado pela questão.

Eu também sabia que GAF flertara com o PCB ao retornar da guerra, mas o Relatório de Kruschev em 1956 acabou com qualquer simpatia que pudesse ter pelo comunismo.

Sua amizade me causou problemas no Exército, principalmente durante o período de 1964-1985, quando defendeu opositores ao regime da época, conseguindo absolver quase todos. Sua única condição para aceitar a causa era de que o acusado não estivesse envolvido em homicídio, atentado ou roubo de qualquer espécie.

Em tempo: o GAF me avisou que deverá sair amanhã no jornal uma reportagem sobre as armas encontradas na minha cobertura, incluindo uma sequência fotográfica mostrando a descoberta do nicho na parede, a retirada dos equipamentos e identificando os agentes do Exército e da Polícia Federal, pelo que me pedia para adiar o almoço e aguardar o desenrolar dos acontecimentos. Também me comunicou ter recebido um comunicado do Exército de que o depoimento havia sido suspenso, sem prazo para se realizar. Foi-me passado também que ficarei sob guarda domiciliar. É a boa notícia do dia.

Para contrabalançar a publicidade negativa da imprensa em geral, GAF agendou uma entrevista exclusiva com um jornalista de nacionalidade norte-americana, filho de brasileiros, que foi detido por um curto período há alguns meses por comentar os tiros contra Niederlust e ligá-los ao garoto da caçamba numa reportagem para um jornal texano.

O pedido ao GAF viera de um amigo advogado, cuja filha é noiva do jornalista.

20. Impunidade e Desfaçatez

(Rio de Janeiro, 4 de fevereiro de 2003)

> *A verdadeira violência é a do óbvio: o que*
> *é evidente, é violento, ainda que esta evidência*
> *seja apresentada suavemente, liberalmente,*
> *democraticamente.*
>
> Roland Barthes

Realmente, Lenine é inexcedível. Que fingimento, em seu texto rançoso, ao relatar a descoberta de armas na cobertura do General Duvall! A mera posse de arma era caracterizada como um ato de transgressão sem precedentes, isso vindo de quem, em seus artigos, classificava as foices e facões dos integrantes do MST como instrumentos de trabalho. Vou me recusar a chamá-lo pelo nome do revolucionário russo; acho que nem do sobrenome Gomes ele é digno — o fazedor de angu[13] é pelo menos um trabalhador, enquanto o LG é ladrão e mentiroso.

As fotos que ilustravam a reportagem haviam sido

---

13 O "Angu do Gomes" é uma "instituição" do bairro da Lapa, no Rio de Janeiro.

tiradas de longe, sem nenhuma qualidade, e as pretensas armas nas mãos dos agentes poderiam perfeitamente ser vassouras, canos de água, mangueiras ou coisa que o valha.

Não posso deixar passar esta oportunidade de lembrar que a minha reportagem publicada fora do Brasil, em que eu apenas levantava dúvidas sobre um crime ocorrido aqui, levou-me à prisão, enquanto um sacripanta como esse Gomes escreve um amontoado de bobagens e é saudado pelos coleguinhas como merecedor de prêmio jornalístico: "General violento, obscuro, um velho ogre, afundado em uma carreira medíocre, desconhecido do grande público, tiroteia impune e covardemente um ilustre professor estrangeiro, formador do pensamento filosófico no Brasil (...)".

Eu estava tentando engolir o "goró do Gomes" (leio tudo, até o opositor mais ferrenho...) quando recebi um chamado de Pike para comparecer a seu escritório, em razão de novos fatos. Ao chegar, foi-me passando uma série de fotos de Niederlust, um *clergyman*, em atos sexuais com meninos, todos eles de um mesmo tipo físico: pele escura ou parda, entre onze e catorze anos. As fotos eram de um só ambiente, provavelmente o quarto do hotel, e o que chamava a atenção era o comportamento exibicionista, com o ambiente iluminado e a janela escancarada!

O ponto alto do material, se é que se pode chamar assim, era o vídeo de um adulto, com máscara de carrasco, dando vida à fantasia ao violentar sadicamente um menino, para depois, esgotado sexualmente, assassiná-lo torcendo-lhe o pescoço. Nesse momento, o criminoso sofre um impacto e sai da linha de visão, quase ao mesmo tempo em que um vulto aparece e desaparece

rapidamente ao fundo, também atingido por um disparo, o corpo do garoto restando imóvel na cama. A crueza das imagens não deixava mais dúvidas, tratava-se de
um crime hediondo contra um menor, e a prova era in-
contestável. Perguntei a Pike que medida iria tomar. e
ele, de um modo frio, respondeu-me:

— Oficial ou extraoficialmente?

— Ambos — respondi.

— Oficialmente, vou arquivar fotos e vídeo com
o Intelint/RJ, para atenção de Badger, e é só. Extraoficialmente não posso lhe dizer, mas vou sair para ir ao
banheiro e buscar dois cafés, só retornando, no mínimo,
daqui a uma hora.

Era sugestivo demais, até para mim!

Em um memorando para o alto escalão, Pike re-
comendou remeter todo esse material por e-mail, através de um endereço em Luxemburgo, impossível de ser
identificado, para o Chefe de Estação do Consulado da
França no Rio de Janeiro, o honorável Sr. Coronel Charles Dupin de Grémont-Lagny, nome de código "Talley-
rand", para que este o examinasse cuidadosamente no
fim de semana. Queria realmente provocar choro e ran-
ger de dentes na alta administração francesa.

21. Frio em fevereiro

(Rio de Janeiro, 5 de fevereiro de 2003)

> *But February made me shiver/ With every paper*
> *I'd deliver/ Bad news on the doorstep/ I couldn't take one*
> *more step...*[14]
>
> Donald McLean, "American Pie"

Meu sogro conseguiu a entrevista com o General Duvall. Quero ver que ideias esse personagem pode ter, se é que tem alguma com algum valor. Provavelmente, se comunica naquele "militarês" universal, só variando devido à sintaxe da língua utilizada.

Um dos livros mais pitorescos e engraçados que já li é de Jaroslav Hasek, um escritor anarquista tcheco, relatando a atribulada passagem pelo Exército do Império Austro-Húngaro na Primeira Grande Guerra de um personagem todo especial: *O bravo soldado Schweik*. Será que terei material e talento suficiente para escrever alguma coisa ficcional, além da entrevista? A atitude do

---

14 Mas fevereiro me fazia tremer/ Com todo jornal que eu ia entregar/ Más notícias na soleira da porta/ Nem um passo mais eu podia dar...

General Duvall me parece muito primária, até mesmo de uma violência gratuita. Tenho que concordar com o Gomes, ainda que a contragosto.

Desde criança tenho esse hábito, não sei se bom ou mau, de ficar remoendo as coisas antecipadamente. O que levaria um velho, provavelmente com visão deficiente, a atirar em um hóspede de hotel e provocar a ira de alguns poderosos a ponto de ser vítima de atentado?

Passei por apertos em minha breve carreira militar. Piratas não são fáceis de serem combatidos, havia e ainda há muitos aspectos sinistros e obscuros em sua atividade. Nesse caso particular, França e EUA se entendiam perfeitamente, éramos muito bem recebidos em Djibuti, frequentemente almoçávamos com militares franceses e bem, diga-se de passagem.

Recordo-me, entretanto, de um incidente para lá de bizarro: resgatamos o La Rochelle, barco francês do "Médicos Para a África", capturado por uma corja sem nome no golfo de Áden. Havia indonésios, árabes e somalis sob o comando de um indivíduo enorme, branco, de cabelos vermelhos, que tentou reagir e foi fuzilado, para minha sorte, pela equipe de abordagem sob meu comando (minha pistola falhou!). Os demais bandidos se entregaram sem luta e foram colocados à disposição do governo francês. O corpo do gigante foi reclamado pelos britânicos, sem menção à sua identidade ou cidadania — um criminoso comum ou agente infiltrado no submundo do oriente muçulmano?

Fato é que o capitão do USS Verne foi chamado às pressas a Washington e recebeu ordens de nunca mencionar o ocorrido, e se já não o tivesse feito, retirar todo e qualquer registro do diário de bordo do navio. Não houve qualquer medalha ou citação pelo feito, apesar de ter sido a abordagem o que salvou as vidas de tripulantes e passageiros. De Paris, veio uma carta de agradecimento anódina, da qual se concluía apenas que, pelo valioso auxílio ao governo da França, o USS Verne seria sempre bem-vindo nas bases navais francesas. É aterrorizante como um Estado poderoso consegue fazer "apagar" um fato real, especialmente se tal Estado contar com a colaboração estreita das outras potências envolvidas.

A entrevista se dará amanhã no apartamento do General, já estando reservada uma vaga para meu carro na garagem do prédio se eu assim o desejar, conforme telefonema de um tal Tenente Marbhan, encarregado da segurança do General, que vai me esperar na portaria. Que nome! Já ouvi essa palavra, mas alguma coisa me escapa, será homônimo de algum sultão, califa ou imã? Algum barco suspeito abordado pelo USS Verne?

22. Indo ao encontro do Homem

(Rio de Janeiro, 6 de fevereiro de 2003)

Os olhos são o reflexo da alma.

Provérbio tradicional judaico

O Tenente Marbhan não era nenhum descendente de orientais. De porte médio, pele clara, barba raspada, bigode claro, era um tipo comum, sem características marcantes, à exceção dos olhos, de uma tonalidade azul-pálido, variando da quase opacidade dos santos de igreja a uma frieza completa. Eu conhecera muitos "tiras" exatamente como ele durante minha temporada como repórter policial. Marbhan se fazia de mordomo ao abrir a porta do apartamento do General, mas, além do olhar, seu andar confiante de *boxeur* parecia dizer que quem realmente dava as cartas era ele, o General estava sob sua vigilância e controle. Temi que a entrevista saísse truncada, caso fosse conduzida na presença do tenente. Fui levado a uma varanda, com visão desimpedida da praia da Barra à direita e com visada frontal ao hotel onde se hospedara Niederlust. De maneira quase teatral, o General entrou por outro cômodo, contíguo à sala e à varanda. Cumprimentou-me com um sorriso e breve aperto de mão, de um modo simpático, dizendo-me seu nome e aguardando que eu também me apresentasse, o que fiz em seguida. Duvall não tinha um físico imponente; era magro, cerca de 1,75m de altura no máximo, barba e bigode raspados, a pele queimada nos braços e quase esturricada na parte posterior do pescoço, com aquele axadrezado indelével de exposição demasiada ao sol. O cabelo era branco e de corte militar, sem qualquer condescendência nem mesmo no topo da cabeça, onde começava a ficar ralo. As orelhas, pequenas, eram coladas à cabeça, e o nariz adunco um tanto desproporcional ao rosto. Vestia uma camisa com ombreiras na cor areia e calças cáqui, ambas muito limpas. No pulso, um relógio com o desenho elegante do final dos anos 1950. Caminhava com certa dificuldade, o que não era surpresa, já que fora atingido por dois projéteis 9mm disparados por um "tapeceiro argentino".

Indicou-me com um movimento de mão uma cadeira sob um toldo de lona, fixado sobre uma mesa de plástico. Sentou-se à minha frente e dispensou Marbhan com um aceno de cabeça quase imperceptível, imediatamente obedecido. Vi nesse momento que, pelo menos no quesito comando, minha primeira impressão fora errônea. Frente a frente, pude observar que seus olhos lacrimejavam fortemente. Lembrava os militares israelenses que vemos nos jornais da TV quando o (eterno) conflito palestino é mostrado. O apelido de "Rabino" não era de todo inapropriado, pelo menos fisicamente.

Comecei fazendo um resumo de minha vida de jornalista, e terminei com um relato jocoso da minha detenção no Ponto Zero, o que provocou um leve sorriso e nenhum comentário. Expliquei que enviaria a reportagem para o jornal em Houston, e para facilidade iria gravá-la, com o único fim de extrair as falas para composição do texto. A gravação não seria divulgada em rádio, mesmo porque eu não era associado a qualquer transmissora americana. De qualquer modo, ao final da entrevista eu remeteria a versão preliminar do texto para seu endereço de e-mail, para que pudesse corrigir eventuais falhas. Conceitos por mim emitidos no corpo da reportagem não seriam sujeitos à revisão ou censura. O texto definitivo seria traduzido para o inglês e enviado para publicação. Perguntei se tais condições eram aceitáveis, e se queria fazer alguma restrição quanto ao tempo de duração da entrevista.

Duvall me disse que não tinha nenhuma, e, de maneira surpreendente, propôs várias sessões diárias, sempre pela manhã, até que eu estivesse satisfeito com seu depoimento. Ou esse General não tinha o que fazer ou era uma raposa felpuda! Talvez percebesse que o motivo alegado para a entrevista, o de contrabalançar a carga de meus coleguinhas contra ele, era uma história de Poliana. Quem iria ler no Brasil um texto publicado em um jornal do Texas, já que a falta de informações sobre o estado de Niederlust e sua "remessa courier" de volta à França haviam esfriado o assunto? O General avaliara corretamente. Meu objetivo era de fato fazer uma reportagem investigativa, e talvez mais adiante transformá-la em livro.

Iniciei a entrevista perguntando de chofre:

— O senhor foi o autor dos disparos em Niederlust? Por que escondeu seu arsenal?

— Sim, disparei contra a suíte em que ele estava hospedado. Minhas armas foram encontradas em seus locais costumeiros de guarda, e de maneira nenhuma estavam escondidas. Todas têm uma longa história e se encontram no momento sob custódia do Exército.

— General, devo avisá-lo de que o sr. acaba de declarar que atirou em duas pessoas. É um fato grave e poderá lhe trazer problemas com a Justiça. Deseja modificar sua resposta, ou cancelá-la, considerando que esta entrevista vai ser publicada?

— Não vou alterar a minha declaração. Publique-a.

— Qual a sua motivação para uma atitude tão extrema?

— Se extrema, para mim se justifica, pois falharam todos os meus esforços para interromper os crimes de Niederlust, como a corrupção de menores, atentado violento ao pudor, pedofilia e similares, em quase todos os dias de sua permanência no hotel. Fui testemunha do homicídio do garoto, praticado também com a janela aberta e sob intensa iluminação, o que permitia visão quase total do quarto. Aquilo sufocou qualquer autor-restrição a uma reação violenta. Tenho fotos e um vídeo que comprovam tudo.

— O sr. afirma que Niederlust participou do homicídio do garoto, mas não foi seu autor? Quem foi, então?

— Um indivíduo com máscara de carrasco, que em outras sessões permanecera na penumbra. Suponho que se tratava do aliciador dos meninos que serviam sexualmente a Niederlust.

— Se o vídeo é em tempo real, quem o fez, já que o senhor estava ocupado atirando ou prestes a atirar?

— Mantive a câmera pronta para ser acionada por recomendação de um amigo, já que minhas denúncias frequentes à PF haviam sido inúteis, as fotos que fizera em várias ocasiões anteriores desconsideradas sob o argumento de terem sido obtidas ilicitamente. Fui ameaçado de ser enquadrado em denunciação caluniosa, caso insistisse.

— Quantos disparos foram feitos?

— Quatro, os dois primeiros no carrasco e os demais no vulto que se encontrava no fundo do quarto, e que tomei por Niederlust. Em que proporção e que alvos atingiram, não sei. Foi fogo rápido.

— Segundo consta, o senhor é um entusiasta da utilização de atiradores de elite em conflitos, tendo traduzido manuais de outros exércitos sobre o tema e incentivado a formação de especialistas do gênero no Exército Brasileiro. Isto, de certa maneira, não o predispôs a uma atitude de fazer justiça com as próprias mãos, numa projeção do lema "um tiro, um inimigo morto"?

Nessa hora, o olhar do General se anuviou. Havia sentido o golpe. Ao responder, a voz soou alterada, tornando-se rouca.

— Não, meu filho. O atirador especial, ou de elite, como queira chamar, é uma ferramenta sancionada pela Convenção de Genebra, e seu emprego já faz parte da guerra há bastante tempo. Sob certo aspecto, o lema que você mencionou demonstra que o atirador especial só tem como objetivo o militar inimigo. Minha atividade de formação de atiradores em São Domingos, em 1965, quando tropas brasileiras lá estavam, foi em atendimento à situação de emergência provocada por *snipers* hostis à presença da missão de paz da OEA naquele país. Na verdade, foram criadas equipes para neutralizar os autodenominados "tigres", que impunham o terror à população local. Hoje, todas as polícias de choque têm seus atiradores especiais. Não me considero um atirador de elite nem especial, apenas, como já afirmei antes, se

tivesse sido ouvido em minhas denúncias contra Niederlust, nada disso teria acontecido. A omissão diante
de um problema sempre leva a desgraças maiores.

Essa missão em São Domingos era novidade!
Não constava do resumo de Pike. O currículo do General era maior e mais movimentado do que eu pensara.

— O senhor foi também observador militar na
guerra da Argélia, no período de 1958-1961. Qual a razão de sua designação para esse posto? Sua origem familiar foi um fator preponderante? E até que ponto uma
guerra colonial seria de algum interesse para o Exército
Brasileiro?

— Vou inverter as respostas. Era uma insurreição, através de guerrilha e atentados. A França tinha
saído derrotada da Indochina, e seus militares começaram a estudar aquele conflito e a desenvolver táticas
de combate à guerrilha, procurando aplicar na Argélia
novas teorias militares. E não fui o primeiro e único observador estrangeiro lá. Havia também um observador
norte–americano, sul-africano, espanhol, português e
outros mais. Lembre-se de que na época Portugal domi-
nava Angola, Moçambique, Guiné-Bissau e Cabo Verde,
e estava muito interessado no assunto, já que surgiam
movimentos de libertação nas suas colônias. Quanto à
minha indicação, não a solicitei a ninguém. Sei apenas
que não houve nenhum outro candidato ao posto. Veja
o filme "A Rebelião de Argel", do italiano Gillo Ponte-
corvo, e vai ter uma pálida ideia do que foi o conflito.

O General recuperara o autocontrole. Era im-
pressionante, nada de soldado Schweik por aqui. Ele
se expressava como se reportando a superiores. Passara implicitamente três mensagens: a recomendação
do filme do cineasta de esquerda italiano, logo depois

desqualificando-a parcialmente com a expressão "pálida ideia"; o "não fui o primeiro e único", referência implícita ao rei Momo; e, a mais contundente, quando afirmou que não havia solicitado o posto de observador e que ninguém mais havia se candidatado para tal.

— Quais experiências e lições o sr. tirou de sua missão na Argélia?

— Verifiquei o óbvio, que para vencer a guerrilha não basta a tropa, só se vence a guerrilha pela aplicação da psicologia de massa, induzindo ao estranhamento dos guerrilheiros pela população local. Nesse ponto devemos reconhecer que os estudos conduzidos pelos franceses, tanto das experiências na Indochina quanto da Argélia, são muito bons. Seria pretensão minha dizer em poucas palavras o que foi o conflito argelino. Alguns oficiais norte-americanos estudaram as teses francesas quando seu país foi arrastado para o Vietnã, a contragosto de seus militares. Do lado pessoal, fiz amizade com vários oficiais franceses, e me foi doloroso ver depois alguns sendo condenados à morte ou a longas penas de prisão, enquanto outros seguiam incólumes suas carreiras. Na verdade, o que acontece é que nos militares, desde o início, é incutido o culto à lealdade e à responsabilidade, e a política é, no mais das vezes, infensa ou até hostil a tais princípios. Não me solidarizei com os militares rebeldes a De Gaulle, mas compreendi a aflição deles com as consequências da independência da Argélia. Ninguém passa sem marcas por uma guerra, e a Argélia marcou-me física e espiritualmente — completou, a seguir mostrando-me longa cicatriz na parte interna do braço esquerdo.

— O senhor chegou a combater? Isso não seria contra o disposto sobre observadores militares?

— Foi justamente o contrário. Vi um jovem argelino ferido gravemente após uma escaramuça com tropas da Legião que eu acompanhava, e ao me aproximar, em um último alento, ele esfaqueou-me no braço...

— Sua ligação com a França é extensa. O sr. podia se aprofundar nesse tema?

— Meu pai veio da França para o Brasil em 1893, com oito anos de idade, em companhia de seus pais. O nome da família era DuWahlen, que, por facilidade de registro, foi simplificado para Duvall, um costume na época. Meu avô se estabeleceu como relojoeiro e joalheiro em Recife e conseguiu se firmar com a ajuda de outros colegas do ramo. Meu pai se formou advogado, e após pouco tempo de formado passou a representar uma companhia marítima belga. Aos vinte e oito anos casou-se com minha mãe, que pertencia a uma antiga família pernambucana. Sou o filho mais velho, e tenho duas irmãs gêmeas, bem mais jovens do que eu. Um irmão, alguns anos mais moço, morreu de meningite aos quatro anos de idade, abalando toda a família. Não havia ensino religioso de qualquer ordem em casa, e meus avós nunca mencionavam detalhes de sua vinda para o Brasil. Sentiam-se felizes em Recife, e nunca mais voltaram à França. Era constante, entretanto, o trocar de cartas com os parentes que lá ficaram, e lembro-me de que, ao aproximar-se o fim de ano, recebíamos invariavelmente uma cesta com frutas secas, geleias, vinhos e champanhe, a qual era devidamente retribuída com produtos daqui.

Fez-se um longo silêncio. O General dera um mergulho em sua infância e adolescência, e algo que viera à tona umedecera mais ainda seus olhos, opa! Que sensação estranha ver o velho ogre se emocionar!

— O sr. deseja parar por hoje, e reiniciar amanhã, à mesma hora?

— Sim, sinto-me cansado com toda essa correria. Dê um abraço no Carl Brogger! Ele uma vez pescou comigo e um amigo comum francês no Amapá, na época em que uma expedição de pescadores não necessitava de autorização de Ibama, Incra, Funai, nem muito menos dessas ONGs asquerosas, falsas protetoras dos índios... E estes, por sua vez, ainda eram amistosos. Ele ainda tem a mania de usar codinomes de peixe, como Mackerel, Catfish ou Pike? Deve ter sido por ele que o senhor ficou sabendo que eu havia atirado em duas pessoas, antes de eu mesmo o declarar...

Que raposão! Ele fora realmente oficial de informações, que descuido o meu!

Ao despedir-me, como por mágica, o Tenente Marbhan apareceu imediatamente. Se não estava gravando a conversa, ou pelo menos na escuta, era um idiota com dons divinatórios. Ele se fez, mais uma vez, de mestre de cerimônias, acompanhando-me até a garagem. Durante o percurso no elevador, iniciou uma conversa sem compromisso, perguntando-me se iria para o centro e dando algumas informações gerais sobre o tráfego. Sem o saber, eu seria participante involuntário e testemunha de uma cena de filme de ação, o que vale até um capítulo especial.

23. FOGO CRUZADO

Penser, c'est déjà désobéir.[15]

Atribuído ao Marechal Juin, do Corpo
Expedicionário Francês, e norma não oficial da Legião
Estrangeira

Ao me encaminhar para o carro, senti que alguma coisa havia mudado de repente. Marbhan havia se calado. Afastava-se rapidamente, caminhando para uma coluna da garagem, simultaneamente sacando uma arma e apontando-a para o lado direito, quando vi um indivíduo corpulento, de pistola na mão, disparar três vezes em rápida sequência, em nossa direção. Marbhan fora rápido na identificação do perigo, e, mantendo-se abrigado, sem disparar, procurava localizar seu adversário. Minha preocupação era uma só: sobreviver. Rezava para ser esquecido pelos dois adversários, que agora circulavam entre os carros, em busca da melhor linha de tiro para duelarem.

Sorte de um, azar de outros: o faxineiro do prédio, que se encontrava no banheiro, saiu afoito demais

---

15 Pensar, já é desobedecer.

e recebeu um tiro do corpulento, dando chance a Marbhan para, em posição de tiro em perfil, atingir duas vezes seu adversário com a extrema elegância de um duelista antigo, matando-o instantaneamente. Numa reação descontrolada, aplaudi de modo idiota o vencedor do combate/ duelo, como se estivesse assistido a uma competição de tiro esportivo ou a uma cena ao vivo de "Dirty Harry". Quando me dei conta, saí de trás do carro onde me escondera e fui ver se havia alguma coisa a fazer pelo pobre empregado do condomínio, que por sorte ainda estava vivo.

O tiro provavelmente acertara a vassoura que carregava, desviando-se e atingindo-o na parte inferior do tronco. Marbhan não tremia, nem apresentava qualquer reação externa. Mantinha-se em silêncio absoluto. Encaminhou-se primeiro para o morto, empurrando para fora do alcance do adversário a arma que este último portara, enquanto mantinha seu revólver na mão. Ao se certificar de que não havia mais perigo, foi até o faxineiro e com um lenço apertou a ferida, numa tentativa de diminuir o sangramento. Felizmente, o socorro chegou a tempo, e posteriormente eu soube que o faxineiro se salvara. De repente ouvi Marbhan berrar em uma língua estranhíssima, mas não dei muita atenção. Minhas preocupações eram puramente pessoais, considerando que acabara de testemunhar mais uma ocorrência que vinha se enredar em um caso já por si complicado por aspectos internacionais, com pelo menos três agências de governo envolvidas. Meu mano tinha razão: eu era mesmo o *"Second Chance"*!

Marbhan agora sacava caderneta e lapiseira do bolso e fazia anotações rápidas, parecendo-me também que elaborava um gráfico da cena. Logo depois, fez uma curta ligação no rádio celular, mais ou menos com o seguinte fraseado: "Serra Fox 1? Papa Eco Sierra Mike 1... Evento inesperado com extremo sofrimento na garagem do Duque... não estava nem próximo... encontra-se bem... há uma testemunha. Seria ótimo... não chamei... a qualquer momento chegam... é bom antecipar a vinda de Tango 1 para a proteção ao Duque... os PFs, principalmente. Fiz um esboço e vou fotografar... positivo".

Ao terminar, pediu-me que permanecesse no local e evitasse a chegada de curiosos, dizendo que iria à cobertura fazer um relato tranquilizador ao General e buscar uma câmera para fotografar a cena. Aproveitei para também tirar uma foto, sem muito foco, apenas para ilustrar texto de jornal. Não sou maria-mole, porém não é muito edificante presenciar uma ocorrência dessas, ainda que o pistoleiro, que agora jazia ensanguentado, imóvel no chão, momentos antes tivesse a intenção de matar o tenente e eliminar-me também, como testemunha incômoda. Lembrei-me de que era a segunda enrascada com tiros em que me metia. Durante todo o tempo em que tais pensamentos me ocorriam, consegui sem muito trabalho enxotar os curiosos, até que Marbhan apareceu com uma câmera e passou a fotografar, primeiro o morto, a arma e o seu entorno, indo depois identificar e documentar os carros danificados pelos disparos.

Quase uma hora depois chegava um indivíduo magro e alto, de óculos, com um ar de professor, que me foi apresentado como Major Freitas. Conclui que deveria ser o Serra Fox da conversa do tenente no rádio. Com a chegada da Polícia Federal, surgiu um antagonismo entre as duas entidades que só se resolveria através de concessões mútuas. Após os primeiros momentos, estabeleceu-se uma *détente cordiale*, as duas organizações em movimentos circulares em torno do morto e da cena do crime.

Procurei manter a discrição e acompanhar ao máximo o trabalho das equipes. Alguém já disse que "a história sempre se repete, ocorrendo na primeira vez como tragédia e na segunda como farsa". Recordo-me de um caso de três fuzileiros navais mortos a tiros em um trecho da rodovia Houston-Galveston, em que, por quase um ano, a polícia de Galveston e o FBI brandiram seus argumentos para, ao final, o caso ser transferido ao órgão de investigação criminal da Marinha. Com o tempo perdido em discussões de jurisdição, as provas esfriaram e ao que consta o crime continua sem solução. Será que coisa similar iria acontecer aqui?

Já sei que vou ter que depor para a Polícia Federal e o Exército, repórter econômico sofre, quando se arvora em criminal. Hoje vai ser dia de aguentar a buzina da Lísia. E muita!

24. Dublinense & desgarrado

*May your tongue fester all your life and when you
die, seven truckloads of shit be dumped on your grave.*[16]

Maldição irlandesa

Após observar toda a ação das equipes de perícia, subimos, Marbhan e eu, ao apartamento do General, quanto mais não fosse para tomar um copo de água. No meu caso, outras necessidades até mais prementes e impossíveis de serem adiadas...

O General se encontrava lendo em seu escritório, imperturbável. A porta foi aberta por um indivíduo sorridente, com componentes raciais de branco, negro e índio. Foi saudado efusivamente por Marbhan e apresentado como o Tenente Torres. Era o substituto do Guerra (o traidor, segundo o General Duvall, favor não se esquecerem disso, caros leitores). Torres, fui saber mais tarde, era filho de um casal de catadores de guaiamum e sururu nas lagoas de Maceió, que, ajudado por uma família da cidade, revelou ser dotado de inteligência e raciocínio de

16 Possa teres a tua língua apodrecendo por toda a tua vida, e quando morreres, sete caminhões cheios de merda despejados na tua tumba.

gênio, tornando-se um aluno brilhante do curso de formação de oficiais.

De repente, percebi que a algaravia de Marbhan na garagem fora provavelmente em gaélico, uma língua quase desconhecida fora da Irlanda. Mais uma das minhas, amigos leitores! Como deixei de notar que um brasileiro com prenome "Patrick Edward" era, pelo menos, uma raridade! Para compensar, fiz de repente uma pergunta sem importância ao próprio em inglês, e a resposta na mesma língua veio instantânea, e com o indefectível traço irlandês.

Foi a primeira e única vez em que vi o imperturbável Marbhan ficar de cara rosada. A tensão contida em que se encontrava desarmou-se, e um leve sorriso de desapontamento apareceu em seu rosto. Senti que era a hora de obter outra entrevista, agora sob a ótica do "combatente", descobrir quem era esse indivíduo aparentemente comum que se envolvera em dois entreveros com adversários veteranos e saíra vencedor e incólume (pelo menos fisicamente). Que treinamento especial recebera? Qual sua história de vida?

Telefonei para Lísia, tranquilizando-a, e disse-lhe que uma entrevista surgira de repente. Demoraria ainda mais algumas horas, mas chegaria a tempo do jantar.

Antes de encerrar este capítulo, informo a meus gentis e pacientes leitores que parte do texto que vão ler a seguir é o resumo de um Relatório de Bordo retirado da internet e traduzido do inglês, complementado por outras informações que, se não secretas, não estão facilmente disponíveis, tendo eu as obtido por cortesia de antigos companheiros da Marinha Americana.

25. Um naufrágio, suas particularidades e consequências

The actions of men are the best interpreters of their thoughts.[17]

John Locke

Caros leitores, julguem se assim o puderem fazer.

Em 25 de julho de 1943, às 20h59, o navio mercante de bandeira norte-americana Fort Torrens, de propriedade da Atlantis Steamship Company, de Savannah, Geórgia, sob arrendamento ao Governo Britânico, desgarrou-se do Comboio JT-3, e, estando a cerca de 150 milhas náuticas de Florianópolis, Brasil, foi atingido a estibordo por dois torpedos, disparados pelo submarino alemão U174A, sob o comando do Oberleutnant Klaus Handelmann. Com a casa de máquinas destruída, os três maquinistas mortos e ainda o imediato, que se encontrava naquele local no momento, o navio afundou decorridos vinte minutos

---

17 As ações dos homens são os melhores intérpretes de seus pensamentos.

do primeiro impacto de torpedo. O submarino alemão responsável pelo ataque, em uma iniciativa algo incomum, emergiu e se aproximou dos cinquenta sobreviventes de uma tripulação de sessenta e sete homens, incluindo o capitão e sete oficiais do mercante, que se apinhavam em três botes salva-vidas e uma jangada de cortiça. No convés do submarino, o comandante alemão, com uma pistola já na mão e acompanhado de dois outros oficiais, estes últimos armados de submetralhadoras, conduziu uma inspeção rápida dos náufragos, selecionando seis deles dentre os mais feridos ou queimados, obrigando os demais a jogá-los ao mar. Ninguém protestou, com exceção do segundo oficial, um jovem de origem irlandesa, um novato em sua segunda viagem. O comandante alemão, sem hesitação, disparou no irlandês que, atingido, caiu ao mar. Após metralharem os que já haviam sido escolhidos para descarte, os dois auxiliares do massacre recolheram-se ao interior do submarino, e o comandante alemão, antes de fazer o mesmo, passou aos restantes uma bússola, conhaque, água, jaquetas salva-vidas, cigarros e algumas barras de chocolate, tendo perguntado em excelente inglês como se encontravam os Red Sox no campeonato de beisebol. Explicando que havia vivido quase dez anos nos EUA, desejou-lhes boa sorte e a seguir imergiu com o submarino. A jangada de cortiça foi arrastada pela imersão, mas os que estavam nela conseguiram se transferir a tempo para os botes salva-vidas. Os 43 sobreviventes do torpedeamento foram recolhidos no dia seguinte pelo navio cargueiro argentino Presidente Rosas, e levados para o porto de Rio Grande, Brasil, onde desembarcaram dois dias depois.

A combinação entre a tradicional camaradagem e gentileza entre marinheiros e a frieza ao escalar quem deveria morrer, apresentada pelo comandante alemão, surpreendeu os oficiais de inteligência das Marinhas Britânica e Norte-Americana que interrogaram os sobreviventes. O motivo, entretanto, ficará eternamente em segredo, pois o U174A foi, por sua vez, localizado e destruído com cargas de profundidade pelo contratorpedeiro brasileiro Rio Grande, a menos de 20 milhas do local de afundamento do mercante britânico, às oito horas da manhã do dia seguinte, quase ao mesmo tempo em que era recolhido pelo saveiro Conceição um jovem ferido a bala deitado sobre uma jangada de cortiça. Seu nome era Sean Patrick Muireann. Levado a Itajaí ainda com vida, foi operado e sobreviveu. A história de Sean, ou parte dela, deixo para ser contada por seu neto, o Tenente Marbhan.

26. Surpresa, drama, paixão e farsa

In reality, it is more fruitful to wound than to kill. While the dead man lies still, counting only one man less, the wounded man is a progressive drain upon his side.[18]

B. H. Liddell Hart, estrategista militar

A mon fils—depuis que tes yeux sont fermés les miens n'ont cessé de pleurer.[19]

Placa na muralha externa do Fort Vaux, em Verdun

Quando acordou, meu avô se espantou com a limpeza do quarto e com o sorriso da auxiliar de enfermagem ao lado da cama do hospital. Sem saber onde estava, disse-me ele, com o tão frequente exagero dos irlande-

---

18 Na realidade, é mais útil ferir do que matar. Enquanto o homem morto fica deitado quieto, contando apenas como um homem a menos, o ferido é um esgotamento progressivo para o seu lado.
19 A meu filho — desde que teus olhos se fecharam os meus não cessaram de chorar.

ses, pensou estar no Paraíso ou algum lugar próximo. É claro que com o passar do tempo deixou tal ideia de lado, mas o amor sem limites ao Brasil ele nunca mais perdeu. A única coisa que abominava aqui era a cerveja brasileira, que se recusava a beber (*horse piss*, em sua definição), e durante toda sua vida conseguia sempre, em navios vindos da Europa, engradados da cerveja escura típica da Irlanda.

Os tiros que recebera haviam perfurado o pulmão esquerdo, deixando-o com uma lesão permanente e o incapacitando para o serviço a bordo. Foi aposentado e condecorado pela Marinha Mercante dos Estados Unidos e pela Grã-Bretanha. Como num enredo de Hollywood, casou-se com a auxiliar de enfermagem do início da história, com quem desenvolveu uma paciência infinda, já que minha avó Maria Antônia era uma descendente de portugueses com fixação por casa arrumada. Em vez de brigar com ela, cantarolava em gaélico, chamando-a de *fair Maeve*. Trabalhou até o fim da vida em várias agências marítimas e companhias de navegação em Itajaí, Rio de Janeiro, e finalmente em Santos, onde se estabeleceu. Sempre que podia, ia à Irlanda, de navio, para visitar seus parentes, a princípio apenas com minha avó e depois com a família.

Com a visão sardônica dos irlandeses, adaptou seu sobrenome original "Muireann" para Marbhan, alegando que era de mais fácil pronúncia pelos brasileiros. Na verdade, "Marbhan" em gaélico significa cadáver, e ele fazia questão de chegar à Irlanda com passaporte brasileiro (sempre um motivo de orgulho) com o sobrenome estampado. Exultava com o constrangimento que causava na Imigração.

Essa situação idílica, no entanto, foi atingida por

uma tragédia que nem meu avô conseguiu enfrentar sem choro: a morte de meu pai, seu único filho, jovem médico, atropelado na moto por um caminhão sem freios na Via Anchieta. Junto a meu pai faleceu também minha mãe. Fiquei órfão aos três anos, e, portanto, meus pais foram na verdade meus avós. Passei a fazer parte das viagens de navio desde então, e em minhas inúmeras estadias no Eire aprendi o gaélico e adquiri o sotaque inconfundível no inglês. Na minha infância, além do carinho, foram marcantes as aulas de tabuada e aritmética com o meu avô. Ele me ensinou a dizer os números em gaélico, e até hoje sou incapaz de descrever qualquer cálculo em português. Quando comecei a escrever com a mão esquerda e uma professorinha nova quis me forçar o uso da mão direita, a confusão que o Sr. Marbhan aprontou na escola ficou famosa. De sua experiência de marinheiro mercante, frequentador de bares em todos os portos, passou-me o que sabia de luta de rua (ou de bar, se quiserem), que não era pouco, preparando-me para as agressões que iria enfrentar mais adiante, na escola e na vida adulta. Jamais agredir alguém sem uma forte razão era seu lema. Na adolescência, ensinou-me o uso do sextante e da navegação estelar. Mal sabia eu o quanto isso iria me valer mais tarde.

Como se vê, a perda de meus pais foi compensada por substitutos sem par: dona Maria Antônia, com seus cuidados constantes, e meu avô com o cacoete irlandês de drama e comédia, adoçado por raras doses de sensatez.

A escolha do Exército deixou o velho Sean um tanto desapontado, mas ele sabia do meu enjoo constante em viagens marítimas e não quis influenciar minha escolha.

Há momentos que marcam fortemente uma vida, e comigo um fato ocorrido nos primeiros dias de Academia Militar veio moldar minha carreira. Um veterano, primeiro aluno de sua Arma e de família tradicional do Exército, conhecido pelo apelido de Urso Branco, em uma noite "invadiu" os alojamentos de meu grupo de colegas e iniciou um trote violento em um de nós, justamente um nordestino, que, posteriormente, veio a se revelar como um dos melhores alunos da Academia. Diante da covardia extrema, protestei. O "Urso", então, me passou uma rasteira, da qual não pude evitar a queda. Não tive dúvidas. Apliquei-lhe todas as técnicas de luta que o velho me ensinara, motivado por uma raiva fria que nunca havia sentido antes. Ao final, o agressor restou desacordado no chão.

O caso se tornou um problema para todos. Se me punissem, o fato se tornaria público e as consequências para o agressor poderiam chegar ao extremo da expulsão, ainda que eu também fosse penalizado. Ao final, nada foi feito em relação ao Urso ou a mim. Uma capa espessa desceu sobre os fatos e não houve registro oficial. Mas uma atitude dessas tem seu preço: em alguns lugares em que servi, havia da parte de uns poucos oficiais certa animosidade, misturada ao medo e à má vontade. Apesar de haver obtido as melhores notas em minha especialidade de Artilharia, o posto de primeiro da Arma me escapou por um grau de conceito ruim. Restou-me, como segundo lugar, a consolação de um estágio de meio ano em um Regimento Britânico aquartelado na Nigéria, onde acabei sendo o 2nd Lieutenant Silva, jogador medíocre de futebol de salão, bebedor moderado da cerveja escura que meu avô idolatrava, instrutor informal de navegação pelas estrelas e instruído em técnicas de interrogatório de prisioneiros, combate de curta distância e operação de cifras e códigos, além de ser chamado *"Brazilian Paddy"* pelos meus colegas britânicos, o que vem a ser uma contradição em termos, já que *"paddy"* é um apelido um tanto depreciativo para designar irlandeses. Quem estava sendo ofendido, o brasileiro, o irlandês postiço, ou os dois?

A África foi uma revelação, pela beleza, exotismo e extrema miséria da população. Uma de nossas missões foi, ostensivamente, monitorar e acompanhar o rally Paris-Dakar, no trecho na Mauritânia até a fronteira com a Argélia. Fazíamos esse patrulhamento com cinco Land Rovers adaptados ao uso no deserto e, como treinamento, a cada trecho era escolhido um dos veículos para realizar a navegação pelas estrelas, sem a utilização de GPS. Graças aos ensinamentos do velho Sean, a minha equipe foi vencedora, e "ganhei" mais três meses de permanência com o regimento em um quartel britânico na Alemanha. Foi uma experiência de vida fantástica, e evitou que se desenvolvesse em mim aquele provincianismo bobo de muito brasileiro, que acha "normal" a visão distorcida que se tem do Brasil no Exterior, a imagem cediça do país das mulheres de bundas ciclópicas, do futebol maravilhoso e da floresta que é queimada sistemática e impiedosamente.

27. Vendaval

(Rio de Janeiro, 8 de fevereiro de 2003)

The arc of the moral universe is long, but it bends toward justice.[20]

Martin Luther King

Manchete do jornal de maior circulação no Rio de Janeiro neste sábado:

> **Desfechada operação surpresa da Procuradoria Federal (sic!), com o suporte da Polícia Federal, contra militar da reserva do Exército.**
>
> Principal suspeito de ter ferido gravemente a tiros o filósofo francês Niederlust há alguns meses, general da reserva agora é também acusado de ter humilhado guerrilheiros italianos ao final da Segunda Guerra, espancando-os e levando-os acorrentados pelo pescoço até o Comando Aliado, onde foram libertados imediatamente por ordem superior.
>
> Naquela ocasião, a cena degradante constrangeu

---

20 O arco do universo moral é longo, mas se dobra em direção à justiça.

os militares aliados de alta patente que a presenciaram. Segundo o representante da Organização Não Governamental PWC (Prevention of War Crimes) Mark de Vetters, o escritório da entidade em Londres só agora conseguiu juntar documentação e fotos suficientes comprovando o fato. Além disso, segundo o depoimento de um *partisan* ainda vivo, foram aplicadas pancadas na cabeça e no tronco dos presos e alguns deles colocados em um poço e amarrados de cabeça para baixo por períodos que chegaram a mais de quatro horas, até que "confessassem" assassinatos de colaboradores fascistas ocorridos na região.

A Promotoria Federal atendeu ao pedido feito pela ONG e supõe-se que vai requerer a prisão preventiva do General Duvall. Sociedades de Direitos Humanos na Europa e toda a América Latina se solidarizaram, com protestos ao Governo Brasileiro. O Itamaraty está examinando a questão e, em nota oficial, afirma que o caso já se encontra sob investigação.

Nem passei à página dois do primeiro caderno. Pobre Duvall! E eu que estava pretendendo enviar ao *Evening Star* em Houston um relato de minha mais recente aventura no Rio! Aí é que a carga sobre o velho General ficaria ainda maior, pois os dois tiroteios no prédio de Duvall seriam distorcidos para que se ajustassem ao politicamente correto das ONGs e dos falsos humanitários. A minha preguiça em alguns momentos acaba sendo positiva.

Resolvi telefonar para Marbhan antes que D. Lísia acordasse e desse início ao rondó não musicado de todo fim de semana, o que envolvia prioritariamente supermercado, lavagem do carro e almoço em um bom restaurante, com eventuais aquisições de parafusos para pendurar quadros, luminárias especiais com lâmpadas exóticas e outros componentes, os quais me era dada a honra de instalar sem discutir.

Peguei Marbhan em um ambiente barulhento, tomado por discussões e um ou outro palavrão bem pesado. Pediu-me tempo e disse que ligaria assim que pudesse. À minha pergunta sobre o que estava realmente ocorrendo, respondeu que Duvall estava bem e sob proteção.

A reportagem me deixou nauseado. As informações oficiais que recebera de Pike nunca haviam mencionado tortura ou perseguição a guerrilheiros por parte de tropas brasileiras na Itália. Resolvi desligar temporariamente minhas preocupações de trabalho no fim de semana, igualzinho às várias versões da mesma anedota segundo as quais os britânicos adotam ferreamente tal princípio. Que acorde D. Lísia e que venham os supermercados, restaurantes e tarefas domésticas para descansar a cabeça!

Como se por milagre, Pike me telefonou e pediu-me que fosse a seu escritório na segunda-feira, na primeira hora do dia.

28. Caos, confusão e dificuldade

(Rio de Janeiro, 10 de fevereiro de 2003)

> *When all hell breaks loose, there is chaos, confusion and trouble.*[21]
>
> Ditado inglês

Quando cheguei ao escritório de Pike, este foi logo me colocando a par do que acontecera no fim de semana: o Ministério Público e a Polícia Federal haviam iniciado a operação denominada Judeu Errante para efetuar a prisão de Duvall. De acordo com a "gracinha" do procurador federal, "judeu" porque documentos do governo francês, enviados recentemente ao Ministério da Justiça, confirmavam que o pai de Duvall vinha de uma família judaica francesa, e "errante" porque Duvall vivia cometendo erros, e errava pelo Brasil e pelo mundo executando tarefas torpes ou inúteis. Tudo isso, dito na coletiva de imprensa com um sorriso alvar nos lábios, quase babando, como se a origem judaica de Duvall fosse uma pecha indelével, agravado por ter ao seu lado um delegado da PF visivelmente constrangido, que não era outro senão

---

21 Quando o inferno se instala, há caos, confusão e dificuldade.

Jacob Perez Serrano, Chefe do Departamento de Investigações Especiais.

Um comentário apenas: que imbecil! Até eu, com apenas meu curso secundário em Belô, sabia da Inquisição em Portugal e que o nome do delegado revelava sua origem sefardita.

Na verdade, a operação fracassara rotundamente: sabedor antecipado de sua realização (como?), o General viajara para a Argentina na quinta-feira e de lá seguira em voo direto para Genebra, a pretexto de efetuar exames médicos e encontrar-se com o genro, filha e neta. E para adicionar um travo amargo, a PF fora impedida de entrar no apartamento de Duvall por um mandado de segurança com liminar impetrado pelo Dr. Geraldo, o velho amigo e fiel advogado, considerando que havia uma investigação em curso pelo Exército sob supervisão do Ministério Público Militar "envolvendo o referido General".

Ainda segundo Pike, os militares não iriam tolerar a prisão de Duvall pela PF, e caso tivesse sido efetuada as consequências teriam sido imprevisíveis. Estavam, portanto, explicados os palavrões e a gritaria que eu ouvira na minha ligação de sábado para Marbhan. Soube depois que um delegado fora nocauteado pelo tenente ao tentar desobedecer o mandado de segurança, instigado pelo Procurador Federal.

E agora, a surpresa maior: a perícia da PF apontara três perfurações por balas de fuzil nas paredes internas do quarto de Niederlust, as três próximas ao teto, e um quarto projétil na parte externa, encravado sob o peitoril da janela — todos de calibre 30.06, de fabricação norte-americana, conforme a perícia. Havia ainda uma perfuração da base da esquadria da janela, mas o projétil não fora encontrado. O General não ferira o professor. Este último fora baleado de muito próximo, por dois tiros de pistola automática 7,65mm no dorso inferior, um dos projéteis resultando em perfuração do rim esquerdo e o outro se alojando bem próximo à coluna, conforme laudo conjunto assinado por dois médicos da Clínica Santo Onofre e um legista do IML. O professor era o carrasco do vídeo, e fora baleado durante ou logo após o homicídio do menino.

Compondo o quadro de mistério, o fuzil que efetuara os disparos não tinha sido encontrado no apartamento Duvall e nem menos constava da lista inicial por ele apresentada aos órgãos de investigação.

Em resumo: quatro tiros de fuzil, nenhum atingiu a vítima, a arma não foi encontrada com o suspeito e a munição era incompatível com as armas apreendidas na casa do General Duvall. Um procurador federal, na falta de provas de um crime e com a sanha de um Javert, inculpava o velho militar por outro ilícito ocorrido há quase sessenta anos em um teatro de guerra, cuja "prova" vinha de declarações de um dirigente de ONG estrangeira. Realmente, o Brasil desafia qualquer mortal em busca de uma explicação minimamente lógica! Viver aqui exige extrema elasticidade mental.

29. Exceção à regra

(29 de março de 2003, sábado)

> *Toda regra tem exceção. E se toda regra tem exceção, então esta regra também tem exceção e deve haver, perdida por aí, uma regra absolutamente sem exceção.*
>
> Millôr Fernandes

Fugindo ao costume, meus coleguinhas brasileiros, que borboleteiam sobre os temas mais variados sem nunca encerrar suas reportagens, se aferravam tenazmente desde o início do ano ao *affaire* Niederlust. Hoje, Gomes voltou à carga em seu estilo inconfundível, cobrando "das autoridades brasileiras providência quanto ao esclarecimento definitivo (sic!) da morte do brilhante filósofo francês, vitimado por um militar desalmado e perverso, que em ato tresloucado manchara indelevelmente com sangue inocente a tradicional amizade entre os dois países". Concluiu a matéria com a culpabilidade de Duvall, pedindo que o crime seja esclarecido.

É de uma lógica brilhante. Tantos crimes cometidos, muitos deles contra crianças e adolescentes indefesos, e esse idiota continua escrevinhando seus textos rococós e, além do mais, repetindo factoides já desmentidos por provas periciais, segundo as quais o verdadeiro autor disparara contra Niederlust a curta distância e com pistola automática, praticamente inocentando o General, a menos que este fosse o novo Homem-Aranha.

Eu já ia parar de ler o jornal quando, nas páginas internas, uma notícia me chamou a atenção: fora preso no Mercado de Madureira José Onofre da Silva, o Bolo Doce, agenciador de menores para estrangeiros e fotógrafo pornô conhecido da Polícia Civil, foragido do presídio de Água Santa e com ordens de prisão expedidas por três varas criminais, todas por crimes relacionados à exploração sexual de menores. Segundo o jornal, "os policiais haviam apreendido documentos de identidade falsos e fotos de menores, todos do sexo masculino, sofrendo sevícias sexuais". Talvez eu até tivesse deixado de lado a notícia, não fosse um detalhe: Bolo Doce havia sido encaminhado ao Hospital Penitenciário de Bangu porque apresentava ferimento por arma de fogo no ombro esquerdo, com sangramento intermitente.

Anotei os itens principais da notícia no meu moleskine (não sou Hemingway, mas gosto de coisas boas, caro leitor) e passei a planejar minhas atividades da segunda-feira. Talvez, através dos contatos de Pike na Polícia Civil, conseguisse uma exclusiva com Bolo Doce, melhor seria ir dando logo os primeiros passos ao pedido telefonando para o pobre coitado, que descansava nos fins de semana desenvolvendo trabalhos sociais com crianças em uma igreja de subúrbio. Eu já havia feito uma reportagem sobre o programa realizado por ele e a mulher, e como resultado doações de empresas e pessoas tinham surgido. Era o caso de ver se a paciência dele comigo não estava esgotada.

30. Ninho de ratos

(30 de março de 2003, domingo)

Inter faeces et urinam nascimur.[22]
Atribuída por muitos a Santo Agostinho

Embora contrariasse Lísia, fui ao hospital de Bangu entrevistar o Bolo Doce. Minha experiência de repórter ensinou que, qualquer que seja a prisão, seja nos Estados Unidos, Brasil ou qualquer outro país, mortes misteriosas ocorrem, e esses crimes ficam impunes na maior parte dos casos. Acresce ainda que José Onofre era pedófilo e agenciador de menores, e se não tivesse proteção de alguma facção criminosa, a chance de ser "justiçado" era grande. Para achar o caminho até Bangu sem dificuldade, apelei ao Pedro (ex-CPMF, lembro sempre aos leitores esquecidos), que, entretanto, foi impedido de me acompanhar à sala de entrevistas, ficando sob a vigilância de um guarda penitenciário em um banco do pátio da prisão.

Enquanto aguardava a chegada do entrevistado, passei a examinar o cômodo onde me encontrava, de

---

22 Entre fezes e urina nascemos.

uma pobreza esquálida, pintado em cor cinza, com uma imagem de Santo Antônio e outra de N. Sra. de Fátima presas a uma das paredes. Entre as duas imagens, um espelho escuro, que tomei por um vidro de dupla face para observação do interior da sala. Havia uma mesa antiga, típica do serviço público, escalavrada por marcas de escrita e com o verniz bastante esmaecido. Com pés firmemente aparafusados ao chão, localizada no centro da sala, dispunha de quatro cadeiras, também do mesmo estilo e em condições similares. Tanto a sala quanto os móveis demonstravam uma limpeza feita a contragosto, certamente tarefa de algum preso de confiança.

Prisões têm características universais: ouve-se portas batendo, gritos que ecoam pelos corredores seguidos de períodos de silêncio e, pelo menos para mim, paira sempre uma atmosfera carregada; um odor onipresente de roupa suada, fumo, desinfetante e urina compõem um quadro para lá de depressivo.

O preso entrou logo depois, algemado e acompanhado de um guarda penitenciário, que se retirou imediatamente.

Era um homem jovem, de cor branca, calculei menos de trinta anos, mas com olhar de veterano de cadeia. Foi pedindo cigarros e eu imediatamente lhe passei os dois pacotes de praxe, um americano e outro brasileiro. Cigarro é moeda corrente em todas as prisões, serve para subornar, agradar, comprar sexo, proteção ou eliminação de desafeto e até mesmo para ser fumado. Eu não quis alongar a entrevista e, depois de ouvir um breve currículo de sua vida — filho único de mãe viúva e carola, coroinha em uma igreja de Madureira do padre Ferrão (incrível!), que o colocara a par das artimanhas do sexo entre homens —, passei ao item principal: sua relação com Niederlust e os serviços que prestara ao francês.

O Bolo Doce estava, na verdade, amargo: desde que fora baleado com um tiro de fuzil no quarto de hotel, passara a viver escondido, contando apenas com a proteção de um operador de jogo do bicho com quem mantinha uma relação amorosa. Sim, Niederlust fora seu cliente, sempre que vinha ao Brasil mergulhava em orgias com garotos escuros arrebanhados por ele, o excelso provedor de meninos.

Interessante era ver o espírito de empresa demonstrado por esse indivíduo, ao relatar com certo orgulho que era conhecido como um agenciador de alto nível. Ele se dedicava ao comércio mais vil, mas não apresentava remorso ou qualquer sentimento de vergonha. Estava difícil ouvir aquele mantra de autopiedade e cabotinismo combinado a um ódio a quem o havia "traído", e no topo da lista dos traidores se encontrava Niederlust: ele matara cruelmente Micaelson, o Miquinha, "a estrela do (meu) rebanho", foi a expressão textual de Onofre.

O ambiente pesado e a sordidez do entrevistado me fizeram abreviar a entrevista. Apesar disso, consegui informações que, se divulgadas, trariam dor de cabeça a muita gente:

— os hábitos de Niederlust não só eram conhecidos, como tolerados e acobertados por pessoas importantes, tanto em seu país de eleição quanto no Brasil;

— em suas escapadas no Brasil, se assim poderiam ser chamados seus crimes sórdidos, Niederlust dispunha de segurança oficiosa provida por ex-policiais brasileiros e agentes franceses, e componentes dessa súcia haviam transportado o corpo do menino até à caçamba de lixo;

— o General Duvall se tornara o principal suspeito dos atentados devido às suas constantes denúncias contra Niederlust, suspeita aumentada pela constatação da posição privilegiada de sua varanda e da área de sua cobertura em relação ao aposento do francês.

A última surpresa veio por conta do número de disparos, oito, segundo Onofre. O General Duvall, em sua entrevista comigo, dissera ter feito quatro, logo depois aumentados para cinco no laudo pericial, o que fecharia com o quinto projétil retirado do ombro de Onofre no dia anterior, no hospital do presídio. Agora surgiam mais outros três tiros, provavelmente escamoteados pelos capangas de Niederlust antes da chegada da Polícia Federal.

Não sou perito em armas, nem mesmo as possuo, apesar de ter vivido uma boa parte de minha vida no Texas e ser oficial da reserva, mas devo dizer que a história se complicara, pois um fuzil de precisão é, na imensa maioria, arma de repetição, seja por ferrolho, como os da Segunda Guerra, ou alavanca, como o Winchester dos faroestes. Fuzil automático com (pelo menos) oito tiros? O Pike iria se interessar pelo fato. Nenhuma arma automática de cano longo fora encontrada na casa do General. Então por que este insistia em assumir um ato tresloucado e sofrer tantas acusações e ofensas, sem nenhum proveito?

Como "prêmio" adicional pela entrevista, passei ao Bolo Doce dois pacotes extras de cigarros americanos, mas não pude deixar de recomendar que os usasse para comprar sua incolumidade, pelo menos até que o pedido de cela exclusiva, feito por seu advogado, fosse aceito pelo juiz do processo.

Após a burocracia de assinar o livro de registro, de ter devolvida a carteira de motorista e desanuviado a cabeça com um copo de água mineral, caminhei ao lado do Pedro, mantendo-me em silêncio. Quando já estávamos no carro e fora do presídio, ele me informou que o pequeno microfone que eu usara em meus óculos havia transmitido toda a entrevista e o gravador operara sem problemas. Agora era verificar se a minicâmera acoplada havia funcionado também.

31. REVERSÃO

(Rio de Janeiro, 31 de março de 2003)

> *Há uma Providência Divina que protege os idiotas, os bêbados, as crianças e os Estados Unidos da América.*

Otto von Bismarck, Chanceler Alemão (1815-1896)

Caros leitores, sinto desapontá-los, desta vez o Segunda Chance acertou em cheio com a entrevista e, por decência, devo dizer que o Pedro foi fundamental para tal sucesso. Divagando um pouco, penso que está na hora de muitas autoridades brasileiras se policiarem no uso de da palavra "fundamental" em suas declarações públicas. É fundamental para isso, para aquilo e até sem razão nenhuma, o que acabou levando este repórter a afoitamente usar o vocábulo. Isto posto, peço antecipadamente desculpas se for apanhado incorrendo de novo em tal vício de linguagem, e passo a relatar que a entrevista gravada na prisão de Bangu estava com imagem e som excelentes.

Fiz uma tradução resumida das declarações do Bolo Doce, retirei alguns quadros do filme, editei o texto e remeti para Houston pela internet. Já havia alertado a redação, ainda ontem, de que remeteria uma reportagem adicional sobre Duvall cujo conteúdo iria alterar toda a cena, permitindo até que se inocentasse o General.

32. GRAND GUIGNOL

(Rio de Janeiro, 1º de abril de 2003)

> *Toda unanimidade é burra.*
>
> Nelson Rodrigues

> Grand Guignol – *Teatro francês de 1897, localizado em Pigalle, especializado em espetáculos de horror naturalistas. O nome deu origem à expressão, usada para designar dramas que dão ênfase ao macabro e ao horripilante.*

Dessa vez, minha reportagem sobre o Bolo Doce, principalmente a descrição que fiz da prisão de Bangu, chamou a atenção dos jornais mais importantes dos Estados Unidos. De um dia para o outro, passei a ser entrevistado por meus colegas estrangeiros no Rio de Janeiro, e o caso que os governos brasileiro e francês haviam mantido em segredo foi parar também na primeira página dos grandes jornais brasileiros, a princípio com chamada para a página interna e depois na primeira página, mesmo, quando os detalhes escabrosos do comportamento obsceno e monstruoso de Niederlust se tornaram públicos.

De desconhecido, passei a ser cumprimentado, e até apontado do jeito (falsamente) discreto dos cariocas.

Havia também o olhar malévolo dos jornalistas brasileiros, fruto da raiva e inveja de serem descobertos como incompetentes ou vendidos às burras oficiosas. Como diria Nelson Rodrigues, eu era recebido por um silêncio ensurdecedor nas rodinhas dos meus "colegas" locais. Talvez vocês leitores já devam ter percebido que uma das minhas características (defeito?) é ser um *contrarian*, isto é, nunca aceito a opinião predominante, e o Brasil é fértil em unanimidades, desde a arquitetura (vocês sabem a quem me refiro...), o futebol, as artes, até a política, apesar da advertência profética do velho Nelson.

Claro está que meus dias de correspondente no Brasil estão contados. Começaram a aparecer as primeiras ofertas para trabalhar em outras paragens, e tanto a *Texas Oil Review* quanto o *Houston Evening Star*, coincidentemente (?), andaram me oferecendo a possibilidade de trabalhar em Londres, em condições mais do que razoáveis, e com um bom incentivo salarial. Reconheci logo a manobra: o jornalista que se converte em notícia torna-se um ativo tóxico (permitam-me a expressão retirada do economês) para seus empregadores. Mas dessa vez não hesitei, e, após uma breve conversa, Lísia, já farta de minha falta de rumo e do beco profissional em que me encontrava, aceitou na hora. Do seu jeito prático, começou de imediato a procurar algum escritório de advocacia brasileiro com filial em Londres ou, vice-versa, escritório britânico que necessitasse de um profissional brasileiro. E, felizmente, as coisas funcionaram bem.

Asseguro, entretanto, aos meus pacientes leitores, que a história de Duvall não será abandonada, e que mais algumas surpresas virão de minha última entrevista com o "velho ogre", no dizer tatibitate de Lenine. Terá ele voltado para debaixo de sua pedra? — eis a premente pergunta que os mais afoitos não conseguirão reprimir.

Sim, o General Duvall estava de volta, e já comunicara através de seu advogado que me concederia uma entrevista exclusiva, se eu assim o desejasse (!!!).

33. A CONFRARIA

(8 de maio de 2003, Vila Sossego, situada na Serra da Mantiqueira, entre Rio de Janeiro, São Paulo e Minas Gerais)

Quando quiser enganar o mundo, diga a verdade.

Otto von Bismarck

Motley crew - *expressão inglesa que designa, às vezes carinhosa, outras pejorativamente, um grupo heterogêneo de pessoas.*

Depoimento de Gabriella Cristina Dalleri Marengo, Contessa dalla Civetta Rossa

Naquele dia 17 de abril de 1945, uma terça-feira, um alarido incomum dos empregados e meeiros no campo me alertou para a chegada de estranhos. A princípio, pensei em alemães em retirada, ou mesmo nas temíveis tropas coloniais francesas, verdadeiros carrascos da população civil. Entretanto, não estava preparada para a surpresa, pois o que vi foi uma tropa com todos os matizes de pele, a maioria com uma dentição ruim, uniformes de um verde desbotado e tendo por símbolo no braço uma cobra fumando, muitos deles com postura pouco militar. Sorriam para a população, e com gestos de simpatia ofereciam cigarros aos adultos e barras de chocolate às crianças. Quem seriam, e de onde teriam vindo?

A guerra deixara em nós, italianos, um rastro de amargura e desilusão, mas naquele dia chuvoso parecia--me que o clima havia mudado. No entanto, a chuva e a luz eram as mesmas do dia anterior.

O comandante, de uns trinta anos, cercado por quatro outros mais jovens, que logo notei serem também oficiais, se apresentaram e à sua tropa como pertencendo ao Exército Brasileiro. O único pensamento que me ocorreu foi: *Dio mio, escapamos dos coloniais franceses e agora vêm estes selvagens ocupar nossa região, estamos perdidos,* povera Italia! Que preconceito o meu, que os meses seguintes se encarregariam de apagar.

A primeira surpresa veio do comandante, que em um francês corrente, pedia-me que indicasse a área mais adequada para instalar sua tropa, isto é, aquela que não alterasse a rotina da fazenda. Fiquei calada por um bom minuto diante deste fato inédito, pois nem as tropas italianas respeitavam as conveniências de seus compatriotas. Achei, portanto, que estava diante de um irônico supremo, mas o capitão (este era seu posto, que descobri posteriormente) aguardava a resposta com paciência. Diante do meu silêncio, pediu-me que percorresse os arredores com um dos seus subordinados e fizéssemos os dois a escolha do local. O tenente que me acompanhou era de um moreno carregado, magro, com um aspecto comum a alguns sicilianos. Expressava-se em um francês culto, tudo indicando ter sido educado naquela língua. Éramos próximos na idade, como fui saber depois, e tinha um frescor da juventude que o ano de guerra por que passara não conseguira destruir. Sorria frequentemente, e confesso que fiquei tocada por sua alegria de viver. A amargura em que eu estava mergulhada, com um marido dado como desaparecido na frente russa e mais provavelmente morto, os pais mortos em um bombardeio quando se encontravam na casa de Milão, deixando-me com uma fazenda para administrar e talvez até ter de lutar para manter a propriedade, levavam-me, mesmo no estado de espírito em que me encontrava, a ter um pouco de piedade do jovem tenente. Quando chegamos às estrebarias, totalmente vazias — eis que a outrora poderosa Wehrmacht levara todos os cavalos e demais alimárias de carga em sua fuga desordenada —, o tenente ficou fascinado, e ali mesmo fez sua escolha: a tropa ficaria na área comum ao rés do chão e os oficiais e sargentos nos alojamentos superiores, usados originalmente pelos cavalariços da fazenda.

Depoimento de Geraldo Amador Filho, advogado e amigo de Duvall

Quando chegamos à fazenda que deveríamos ocupar para, posteriormente, a transformarmos em sede do Regimento, deparamo-nos com uma construção imponente, de mais de três séculos, deixada intacta pelo bombardeio, embora apresentasse um aspecto de abandono em alguns pontos, como falta de vidros em várias janelas, pintura desgastada e manchas de umidade denotando infiltrações. Duvall logo nos reuniu e determinou de imediato que a tropa não poderia entrar na mansão: transgressão de tal ordem levaria a uma punição severa. Fomos recebidos friamente por uma mulher jovem, com todos os indícios de ser uma aristocrata italiana, e, apesar de suas roupas indicarem bastante uso, via-se que eram de qualidade. Notei, entretanto, que por trás de seus olhos de um azul acinzentado havia um toque de medo e cautela. Quando Duvall se dirigiu a ela em seu francês de Toulouse, apresentou-se e perguntou onde seria mais conveniente (até hoje me lembro do termo!) instalar a tropa, o olhar da Contessa (como fui saber depois) transformou-se em total incredulidade e um silêncio incômodo se fez. Duvall imediatamente designou-me para acompanhá-la na missão.

O "Rabino" era fantástico: mostrara na hora que, sob a capa de gentileza, era ele quem daria as cartas dali em diante, pelo menos enquanto durasse nosso controle da região. Muito tempo depois, Duvall me contou que, ao receber a ordem de ocupação, havia recolhido no Quartel-General Aliado toda a informação disponível sobre o local e a propriedade, inclusive uma lista das obras de arte que estavam ali abrigadas. Já de antemão havia me indicado que visse como mais provável a área da estrebaria para nosso acantonamento, e a examinasse com cuidado na procura por um eventual impedimento grave.

Durante todo o trajeto procurei manter uma conversa sem compromisso com a Contessa, e acho até que demonstrei uma jovialidade excessiva, que em vez de desarmar seu espírito, fez com que ela pouco falasse. Palmas para o especialista em interrogar prisioneiros...

Depoimento de Johann de Corbeau, editor de livros raros em Bamberg, Alemanha
A Guerra acabou para mim e meu pai entre os dias 13 e 14 de abril de 1945. Na vida civil, ele era proprietário de uma gráfica especializada em livros técnicos e, com o advento do rearmamento da Alemanha, obtivera contratos para edição de material de treinamento militar. Por esta razão, conseguira evitar a perseguição

nazista que atingira outras editoras e gráficas, embora o sobrenome da família nos colocasse sempre sob suspeita. Sei que muitos alemães, após a derrota, passaram a abominar o governo nazista, mas para mim foram as condições de paz impostas pelos vencedores após a Primeira Grande Guerra que criaram as condições para o surgimento de Hitler. Este, por um breve período, soube aproveitar o orgulho ferido do povo alemão para reconstruir o país. Interessante é que os preceitos econômicos adotados por Hitler eram praticamente os mesmos do *New Deal* de Roosevelt.

Deixemos, entretanto, estes comentários gerais e voltemos àqueles dias sombrios de abril de 1945. Meu pai, devido ao seu conhecimento especializado, fora convocado pelo Exército para coordenar as atividades de edição de documentos militares, desde manuais de instrução a mapas e livros militares, e selecionar quais seriam passíveis de divulgação geral e quais deveriam ser mantidos confidenciais. Tendo sido transferido para o Afrika Korps, foi encarregado de examinar os documentos e outras informações capturadas do inimigo, analisá-las e resumi-las para o Alto Comando. Sua dedicação ao trabalho chamou a atenção de Rommel, com quem passou a manter excelentes relações profissionais, e por esta razão, quando de minha convocação, conseguiu me trazer para sua unidade. Deste modo, Corbeau Sênior e Corbeau Junior fizeram a guerra no Norte da África e, quando houve a derrocada, fomos levados à Itália para desempenhar as mesmas funções. As dificuldades aumentaram, não dispúnhamos mais de aviação e a observação do inimigo era feita através do interrogatório de prisioneiros e da infiltração de agentes italianos, com o passar do tempo cada vez em menor número e de confiança duvidosa.

Durante todo o tempo fomos auxiliados pelo Subtenente Hermann Blaugraf, filho de mãe alemã e pai judeu, artista de cabaré em Berlim, que, com a iniciativa própria dos nascidos naquela cidade, nos provia de pequenos luxos e confortos tais como cigarros ingleses e egípcios, lâminas de barbear especiais, alimentos enlatados e conhaque francês, bem como materiais de toda e qualquer espécie que obtinha ao "liberar" depósitos capturados ao inimigo ou furtar dos nossos próprios, através de guias de requisição que ele próprio imprimia, emitia e assinava com nomes fictícios ou de oficiais recém-mortos. Era mestre em abrir portas e trancas, para o que dispunha de uma coleção de gazuas. Enfim, em uma situação de guerra, infelizmente as considerações morais são sacrificadas em nome da própria sobrevivência.

Blitz, como era conhecido, deixava que os Corbeau cumprissem suas obrigações e fornecia o suporte que hoje seria definido como logística, aí incluído o cargo de motorista. O arranjo nos favorecia, e para evitar que fosse desencadeada alguma represália ao Blitz, não comentávamos com outros oficiais os "achados" que nos trazia. Não queríamos muita notoriedade, e ele próprio muito menos. Faço esta digressão porque, quando fomos capturados por Duvall, informei que o motorista havia sido morto pelo ataque aéreo. Na verdade ele havia sido ferido levemente, e pediu-me apenas que o dispensasse de seguir comigo.

Muitos anos depois, soube que Blitz enriquecera promovendo fugas da Alemanha Oriental, além de "exportar" produtos de luxo para o lado comunista. Para agradar aos ocupantes americanos e ingleses, promovia também troca de agentes de um lado a outro da fronteira, ações que, se não lhe rendiam muito dinheiro, davam-lhe certa imunidade em suas tortuosas ligações, tanto com o aparato legal quanto com o submundo de Berlim. Foi a Blitz que recorri para retirar Duvall do Brasil, quando este sofreu perseguição política em seu país.

Quanto à sua pergunta sobre ajudar um ex-inimigo, posso dizer que conheci muitos militares e altos funcionários de governo de todas as nacionalidades, mas Duvall era único em sua integridade moral. Depois que a guerra terminou, procurou-me para que o ajudasse a escrever suas memórias da campanha na Itália, o que nos aproximou e resultou em uma amizade de mais de cinquenta anos.

Incidentalmente, seu livro de memórias não foi publicado, por alguma razão que Duvall, com sua maneira reservada, nunca me revelou.

Depoimento de William G. Bloomer, presidente e dono da Água Caliente Drilling Co., em Corpus Christi, Texas

De certa maneira devo a Duvall, que conheci em circunstâncias um tanto dramáticas, minha vida e a de meus comandados. Apesar de capitão e veterano de campanha na Itália (desembarquei na Sicília), até um mês antes daquele 13 de abril de 1945 havia atuado nos serviços de abastecimento de tropas, e meu contato com o inimigo se fizera ao transportar prisioneiros de guerra e eventualmente abrigar-me, quando o comboio que comandava era atacado por artilharia ou por algum raro avião alemão. Minha transferência para o *front* se deu por minha atitude diante de um fato que presenciei: vários prisioneiros alemães aguardavam transporte para a retaguarda em um cruzamento de estrada próximo a Lucca, sob a guarda de um pelotão britânico. Eu e meus comandados, com seis caminhões, estávamos encarregados desse transporte. Contados os novos prisioneiros, vi que o número deles excedia a capacidade disponível. Os cinco primeiros caminhões estavam lotados de feridos, aliados e alemães; só com muito boa vontade conseguiríamos colocar uns dez prisioneiros no último caminhão, e naquele fatídico cruzamento havia mais de trinta alemães. Argumentei com o oficial inglês que tivesse paciência e aguardasse nossa volta, pois em Lucca havia um ponto de concentração de feridos e prisioneiros e eu voltaria em uma hora para recolher os que eventualmente não fossem recolhidos por outros caminhões. Com a proverbial arrogância que acomete alguns britânicos, recebi uma resposta irônica, lamentando o fato de não haver um tradutor de minha fala para o inglês e que, portanto, ele iria tomar providências imediatas para aliviar a minha dificuldade. Encaminhando–se para o grupo de prisioneiros, disparou seu revólver em cinco deles, antes que eu pudesse reagir. Nesse momento, não hesitei: atingi-o com toda força na cabeça com a coronha de minha arma, e em seguida disparei contra dois soldados ingleses que já se preparavam para defender seu comandante, matando-os na hora. Os demais jogaram suas armas no chão e levantaram as mãos!

Comuniquei-me por rádio com o meu comando e em pouco tempo fui recolhido preso, aguardando corte marcial. A pressão britânica por minha condenação foi enorme, mas pesaram muito as provas do crime cometido pelo oficial inglês, num momento em que os aliados queriam se diferenciar dos nazistas; minha pena foi a suspensão de condecorações anteriores, rebaixamento ao posto de tenente, pagamento de multa correspondente a seis meses de soldo e transferência para o *front*. Sem qualquer experiência anterior, vi-me comandando um grupo de recrutas recém-chegados dos EUA. Na verdade, a corte marcial havia me condenado a uma pena de morte velada; o incômodo em que me tornara seria resolvido pela morte e transformação do matador de aliados de novo em herói. Felizmente, a vida não tem *script*, qualquer plano pode ir por água abaixo. E assim foi; a chegada daquela tropa estranha quando me encontrava em dificuldade em Verbena fez toda a diferença. Eu não sabia da existência de combatentes brasileiros na Itália, e devo confessar que, com exceção do fato de que o café era um produto do Brasil, tampouco sabia nada sobre o país na ocasião, sendo incapaz até mesmo de localizá-lo no mapa.

Mas ao entrar em contato com o capitão brasileiro (que não era outro senão Duvall) e seus jovens oficiais, senti que talvez saísse daquela enrascada. Em primeiro lugar, recebi atendimento de emergência para um ferimento no pescoço. A seguir, em um inglês perfeito, um dos tenentes passou a traduzir o plano detalhado e as instruções do comandante brasileiro, que confesso ter obedecido sem discussões. Lembrei-me do ditado atribuído a um escritor anglo-irlandês, "Nada aguça mais a mente de um homem do que a proximidade da forca", e no caso eu era o quase-enforcado. Vi então aquela *motley crew* (e os chamo assim de coração aberto e com carinho) executar fielmente as instruções que havia recebido, trazendo um morteiro estranho e de imediato abrindo fogo sobre o inimigo com grande precisão, assim permitindo a retirada de meus soldados acuados numa depressão do terreno.

Posteriormente, assisti ao interrogatório de dois oficiais alemães capturados por um sargento taciturno, de todo diferente dos demais brasileiros. O interrogatório, conduzido pelo Amador, fez-se em francês; os alemães eram pai e filho, e descendentes de franceses. No dia seguinte colei-me aos brasileiros, seguindo sem discutir as ordens de Duvall para o confronto final, e, embora sem nenhum conhecimento prático, não pude deixar de admirar a simplicidade de gênio do plano de ataque. Fiquei sabendo também que o morteiro que usavam havia sido capturado dos alemães, intacto, em uma das operações iniciais de Duvall, com as instruções de operação ainda fechadas em envelope lacrado. O tenente tradutor, que não era outro senão Amador, havia destrinchado as instruções, e o monstrengo ficou sendo parte do equipamento daquela tropa. Tenho para mim que foi a única unidade no *front* da Itália que o utilizou com êxito.

O ataque surtiu pleno efeito, sendo capturados algumas dezenas de inimigos, e Duvall pediu-me que os escoltasse para a retaguarda. Graças ao bom acaso de haver encontrado Duvall e sua companhia, fui condecorado por bravura, reabilitado, transferido para Roma e desmobilizado quando da rendição alemã em 8 de maio. Sou, portanto, "herói" de uma batalha só, na qual estava em desvantagem por minha completa inexperiência, tendo sido salvo pela mão de um estranho completo.

Para nós, texanos, um *"real pardner"* não se despreza. E Duvall era um destes poucos para mim.

34. O ÚLTIMO CONFRADE

(Vila Sossego, 9 de maio de 2003)

> *O palhaço é sempre uma figura trágica.*
>
> Ditado polonês

Quero crer que meus leitores são todos suficientemente inteligentes para perceber que o General Duvall havia falecido, e que esses depoimentos não haviam sido recolhidos ao léu. Seus amigos estavam reunidos para homenagear o morto, num último adeus.

O convite do Dr. Amador havia chegado ao meu escritório em Londres apenas em 6 de maio, o que me exigiu certa habilidade extra na reserva de passagens e uma longa conversa com Lísia, que nunca entendeu minha fascinação pelo General, personagem que a ela pareceu sempre tosco e limitado de pensamento. Aguardava-se a chegada do último confrade.

Quase ao final da tarde chegou um DS 21. Para quem não sabe, este é o modelo de Citröen que reinou da segunda metade dos anos 1950 até meados dos 1970. Objeto de culto ainda hoje na França e em alguns outros países europeus, sua carroceria elegante, desenhada pelo italiano Bertoni, e os avanços tecnológicos que incorporava causaram uma convulsão na indústria. Sei que me alonguei demais e posso até parecer o arquétipo do vendedor de carros usados, mas neste caso peço vênia aos meus leitores: além de tudo, o exemplar que estacionara na entrada da Vila parecia ter saído da linha de montagem há poucas horas.

O casal que desceu do carro também chamaria a atenção em qualquer lugar. O motorista fazia o tipo elegante desleixado, e a acompanhante era uma variante de *top model* internacional, daquelas que só são vistas nas páginas da *Vogue* e afins. De perto, dois pontos marcantes: a diferença de altura (ela o ultrapassava em pelo menos cinco centímetros), enquanto no quesito idade o placar marcava uns 63 a 30 a favor (?) dele.

Mais de perto ainda, as rugas no rosto e no pescoço queimados pelo sol e o porte militar me fizeram crer que estava diante do amigo de Duvall, o famoso Durieu-Vitry, ex-oficial do Exército Francês, profissão atual grafólogo, o rebelde a De Gaulle e clandestino durante algum tempo no Brasil — pelo menos foi assim que se apresentou a mim e ao Bloomer quando chegávamos de nossa caminhada da tarde pelas redondezas da Vila, a princípio naquele inglês ciciado e incomodativo dos franceses; quando soube que eu falava português, passou a discursar no puro sotaque de Caruaru, sem se importar com a presença de Bloomer. A modelo deu um leve sorriso, apertou nossas mãos — como se fosse alguma alteza cumprimentando dois campônios basbaques —, pronunciou suavemente seu nome, Adèle, e mais não falou (segundo Bloomer, *there was no need to*).

Quando o quarteto recém-formado entrou na casa, todos os demais convidados se encontravam reunidos na sala. A Contessa, como seria natural, sentara-se em uma cadeira estrategicamente posicionada no vértice de um arco estreito formado pelos outros assentos, todos de algum modo dirigidos para ela. O Dr. Amador a cobria de cuidados, e, embora as marcas da idade fossem evidentes, os olhos da aristocrata ainda refletiam decisão e inteligência. Observei o olhar carinhoso que dirigiu a Vitry, mas passando um recado: "velho tolo, vive a vida querendo ser o que não foi nem nunca será". Para a modelo, um olhar rápido e um cumprimento de cabeça. Bloomer e eu entramos logo atrás, e fomos vestir aquilo que os brasileiros (inclusive meus queridos pais) chamam de "esporte fino", eta expressão ridícula.

O jantar fora preparado por um mestre-cuca francês, dono de uma pousada próxima. Os vinhos tinham sido escolhidos pelo Dr. Amador e cumpriram a finalidade, pelo menos para mim e para o texano Bloomer, que apesar de muito rico e poderoso na elite de Houston, continuava tão simples quanto no tempo em que acompanhava seu pai na vida itinerante de peão do petróleo.

Após a refeição, Vitry, já animado pelos vinhos, brindou a todos com suas histórias de guerra na Indochina e Argélia, e da revolta militar contra De Gaulle. Na verdade, sua participação só dera apenas nas duas últimas, e a razão é que o conflito na Indochina terminara em 1954, quando Vitry era um fedelho de treze anos. Ele estendia a seu currículo os feitos do irmão mais velho, amigo de juventude de Duvall em Toulouse. No entanto, a excelência do jantar havia deixado a todos de bom humor, e a falha cronológica foi relevada pela audiência. Na descrição que fiz de sua chegada omiti um detalhe: devido a uma lesão no labirinto, não era capaz de dirigir em estradas sinuosas sem perder o rumo, resultado do "tratamento" aplicado por seus interrogadores quando fora preso após a revolta militar em Argel. Deste modo, sua acompanhante é que havia conduzido o DS 21 nas subidas da serra na Rio-São Paulo e na Mantiqueira. A troca na direção se fizera a menos de quinhentos metros do portão da Vila Sossego.

Ainda iríamos participar de uma cerimônia, conduzida pelo Dr. Amador, e lembranças deixadas por Duvall passaram a ser distribuídas a todos.

A Corbeau coube uma Bíblia protestante de bolso com texto em francês e alemão, uma edição rara de 1817, editada em Nuremberg, que Corbeau Sênior carregava quando feito prisioneiro. A Bloomer, o General legou seu relógio elegante. Vitry recebeu alguns livros de curiosidades e de questões de matemática e geometria.

O presente ao Dr. Amador e à Contessa não era individual, teria que ser apreciado em conjunto pelo par, uma sequência de fotos em 35mm, de grande beleza e apuro técnico, dos dois em Veneza: de mãos dadas ou abraçados; em uma gôndola; em um café na praça de São Marco; e em vários outros pontos da Sereníssima República. Não havia como esconder: o tenente em seu melhor uniforme e a Contessa, jovem e elegante, trocavam olhares em todas elas, ora ternos, ora faiscantes. O interessante de tudo é que os dois pareciam naturais, desconhecendo a objetiva do fotógrafo.

O Dr. Amador e a Contessa estavam quase em estado de choque, e por um momento temi pelo desenlace de qualquer um deles, ou mesmo de ambos — uma versão diferente do Mouro de Veneza, Otelo e Desdêmona na melhor idade (perdoem-me, não perco nunca a oportunidade, ainda que sem graça e cruel). A Contessa foi a primeira a se recuperar; com um gesto de carinho, levantou-se, abraçou o velho advogado e beijou-o no rosto delicadamente. Quebrado o encanto, todos os demais se acercaram e foram cumprimentá-los, como em um casamento. Até a gélida modelo conseguiu derramar uma pequena lágrima, logo enxugada por seu *chevalier servant*.

Como de costume, acabei sendo esquecido, e meu presente só me foi entregue no dia seguinte: uma caneta-tinteiro alemã, modelo recentíssimo, sem uso (felizmente, porque não gosto de espólios de guerra). Duvall, sempre didático, anexara uma breve nota em que agradecia "minha coragem de remar contra a corrente do pensamento único e o fato de eu ter sido o artífice da derrocada de seus detratores". A escritura do General soava a despacho militar, combinado a uma mania persecutória. Naquele momento, no entanto, considerando o bom trato alimentar que havia recebido, relevei-a.

Ao sair da reunião, acertei com Bloomer que, quando ele passasse por Londres, fôssemos almoçar. Não fosse isso, esta narrativa teria terminado por aqui, incompleta, sem que se pudesse saber quem havia tentado fuzilar o lúgubre Niederlust e seu comparsa Bolo Doce, nem muito menos que arma fora usada.

Cerca de três anos iriam se passar antes que eu pudesse encerrar o assunto.

35. Prenúncio

(Londres, 14 de abril de 2006)

> *Navegar é preciso, viver não é preciso...*
>
> Fernando Pessoa

Meu casamento se encontrava em crise e, para complicar, o trabalho de correspondente não me satisfazia mais.

Os primeiros anos aqui em Londres foram de desafio para mim e para Lísia. Ambos enfrentamos dificuldades pessoais, profissionais e de adaptação a uma cidade e aos costumes de um povo introvertido e gélido. Mais tarde, o que foi desafio se tornou uma rotina insossa, e não fossem os respectivos contracheques, penso que já teríamos nos separado.

Por escapismo, passei a viajar a serviço sob qualquer pretexto. Visitei estaleiros, campos de petróleo, refinarias, oleodutos e afins, a maioria deles em áreas desoladas, insalubres e perigosas, locais que nem o mais empedernido mochileiro se aventuraria a visitar. Eu havia até providenciado um daqueles seguros que os cínicos afirmam que, em hipótese nenhuma, deve ser informado à mulher, porque a tentação de precipitar o desenlace se torna enorme.

Assim, quando recebi um convite de Bloomer, com quem mantinha uma relação amistosa desde o encontro na Vila Sossego, para assistir à entrega de uma plataforma que ele havia contratado a um estaleiro português, não pensei duas vezes. Lísia não levantou muita objeção, ainda mais que meus sogros estavam visitando e minha presença só iria revelar que o caldo já havia entornado lá em casa.

Há dois anos, a família Caldeira havia passado uma semana viajando por terras lusitanas. As meninas, para minha surpresa, haviam gostado muito, se divertido com o modo peculiar dos portugueses, não só o sotaque, mas também a construção das frases e sua linearidade intrínseca, algo que elas, com a agudeza das crianças, logo perceberam. O clima de primavera também ajudara.

Quando cheguei a Portugal dessa vez meus sentimentos eram contraditórios: as fugas não resolviam o problema e eu estava cansado de sua artificialidade. Lisboa, no entanto, me levantou o espírito logo nos primeiros momentos, por sua extrema diferença em relação a Londres. O táxi no aeroporto, seu motorista, a acolhida no hotel e a calorosa recepção de Bloomer amorteceram um pouco a minha amargura. Fomos almoçar em um restaurante próximo, e lá, sem muitos preâmbulos, ainda na pedida dos vinhos, recebi uma proposta para trabalhar em Portugal, no gerenciamento do escritório que Bloomer iria abrir.

Não era só o salário, era também a possibilidade de mudar de atividade, mais dinâmica que o ramerrão em que se tornara o meu trabalho em Londres. Com essa carga de ânimo, o almoço transcorreu otimamente, ajudado pela qualidade da comida e das bebidas.

De lá seguimos para o estaleiro, ao encontro das equipes portuguesas de montagem e dos técnicos de uma empresa britânica especializada em reboque e posicionamento de plataformas. Bloomer havia consumido uma quantidade considerável de vinho, e achei que seria uma reunião quase social, apenas uma apresentação preliminar.

Ledo engano! O "homem" era realmente um profissional, conhecedor de todas as artimanhas, truques e negaças de consultores e técnicos. Com os cinco britânicos, além de ir fundo nos contratos, examinou detalhes técnicos e ainda solicitou uma explanação completa sobre o sistema de navegação e o posicionamento da plataforma no local de exploração. O apresentador, com um sotaque irlandês inconfundível, era um indivíduo de altura mediana, queimado de sol e com uma espessa barba castanha. Na orelha esquerda usava um brinco, que longe de afeminar sua figura, dava-lhe um ar de pirata de cinema. Durante toda a exposição, que pouco entendi (vi que meu dever de casa seria extenso caso quisesse trabalhar para o Bloomer), alguma coisa me dizia que o "pirata" não me era completamente estranho.

Terminada a reunião, já noite, os dois diretores portugueses nos convidaram e aos britânicos para umas cervejas em um bar no centro da cidade, o que foi prontamente aceito por todos. Após duas rodadas, surpreendentemente, nos demos por satisfeitos e iniciamos as despedidas. O "pirata" deixou-se ficar por último, e, ao se aproximar, falou-me em bom português brasileiro:

— A barba e o brinco o confundiram, Chico Caldera? Pensou que eu fosse mais um *pansy Paddy*?[23]

Pois não era outro senão Marbhan, o tenente du-

___
23 Nota do autor: bichinha irlandesa.

blê de Wyatt Earp! Após um curto espanto, apresentei-o a Bloomer e relatei brevemente que ele havia sido protetor do General no *affaire* Niederlust.

Marcamos um encontro para três dias depois, ainda em Lisboa, onde ele residia entre as viagens a serviço. Bloomer foi convidado e aceitou imediatamente.

Encerrando este relato, peço paciência aos leitores. Este livro ramerrão vai acabar, e sei que seu parco suspense, a ser revelado no próximo (e último) capítulo, há de satisfazer a curiosidade de todos.

36. Último suspiro

(Lisboa, 15 de abril de 2006)

> *Other people have a nationality, the Jews and the*
> *Irish have a psychosis.*[24]
>
> Brendan Behan

> *Ireland is where strange tales begin and happy*
> *endings are possible.*[25]
>
> Charles Haughey

Prometo que não vou falar mais de minha vida pessoal, mas peço que abram uma exceção para esta pequena nota.

Quando cheguei em casa, o silêncio era total, e a sala se encontrava anormalmente bem arrumada, ainda mais para um sábado de manhã. Lísia sempre se caracterizara por seus hábitos metódicos, confirmados, no caso,

---

24 Outros povos têm uma nacionalidade. Os judeus e os irlandeses têm uma psicose.
25 A Irlanda é onde histórias estranhas começam e finais felizes são possíveis.

por dois envelopes colocados sobre a lareira, um branco (carta) e um pardo (tamanho A4), os dois endereça-
dos a mim (a vida imita Hollywood, meus caros). Antes
mesmo de abri-los, conclui que ela e as meninas haviam
partido para o Brasil, acompanhando os meus sogros.

Na carta havia as considerações de praxe sobre
como andava (mal) o nosso casamento, menções elíp-
ticas de abandono costumeiro do lar e leves suspeitas
de infidelidade, aí já se configurando a preparação do
terreno para a batalha judicial. O outro envelope tratava
apenas de assuntos da vida cotidiana — aluguel, paga-
mentos pendentes, chaves etc.

Para encerrar o assunto, recusei o litígio, dividi
os recursos financeiros acumulados, defini as pensões
(só para as garotas) mudei-me para o novo trabalho e
para Lisboa. Lísia assumiu a filial do Rio de Janeiro de
um escritório de advocacia com uma lista de cinco ou
seis sobrenomes de peso, como de praxe seguidos pela
expressão mágica: "Advogados Associados". Soube depois que a carreira dela está "de truz", como diria minha
avó.

Passemos ao encontro, em um pequeno bar situado no alto do Chiado, um lugar muito agradável e
com vista panorâmica da cidade de Lisboa, em volta de
boa cerveja e salgadinhos. Na verdade não foi entrevista nem depoimento, mas uma confissão. Marbhan revelou suas angústias, medo e sofrimento, sem qualquer
reserva. Apenas liguei o gravador e coloquei um bloco
de notas e lápis sobre a mesa e passamos a ouvi-lo, em
inglês, para entendimento de Bloomer. Não interrompi
em nenhum momento o fluxo das palavras.

A fala de Marbhan

Desde o primeiro tiroteio no apartamento passei a ser visto com desconfiança. Afinal, havia salvado a vida do General Duvall, considerado um estorvo por alguns superiores. Ninguém tinha coragem de dizê-lo abertamente, pois seus companheiros de FEB, mesmo que estivessem todos na reserva, ainda eram moralmente influentes no Exército. O problema advinha da formação do Ministério da Defesa, e da ojeriza que os novos dirigentes tinham a qualquer tema militar. Já os novos oficiais sentiam desprezo pelo comportamento dos políticos, que só se lembravam das Forças Armadas para férias em bases militares e voos de turismo em aviões exclusivos, alguns com toda a família — um abuso tão grande que a imprensa começou a noticiar.

A verdade é que, por duas vezes, evitei que o General fosse eliminado. Pode parecer estranho, mas não desprezo os legionários. Foram mandados ao sacrifício por razões políticas escusas, em clara violação de suas obrigações militares e sabendo que, se fracassassem, nenhum auxílio viria, e ainda assim tentaram cumprir suas ordens.

O General era de trato difícil, muito rígido e sistemático, mas eu o respeitava e o admirava pela coerência e honestidade de princípios. Quando vi a falsidade do Guerra, fiz papel de desatento, o que aumentou mais ainda o desprezo que o General tinha por mim, mas em compensação facilitou a investigação dos telefonemas do Guerra e a identificação do futuro cativeiro do General. Ninguém me estimulou a tal, era minha função proteger Duvall, e ponto final. O caso começara enevoado, mas eu tinha uma certeza: o General não fora o autor dos disparos, apenas escondia algo, e isto o deixava amargurado. Pela posição dos projéteis retirados da parte externa do hotel e as duas cápsulas encontradas no jardim do prédio pelo porteiro, de calibre diverso do mencionado pela PF em seus comunicados, o Delegado Serrano e eu chegamos à conclusão de que os disparos haviam sido feitos da laje sobre o apartamento do General. Outra constatação é que o atirador ou não tinha domínio da arma ou era inábil em seu uso, dada a dispersão dos projéteis já localizados nas investigações. Apesar das versões desencontradas das autoridades, pouco mais de quarenta e oito horas após o tiroteio era do conhecimento da PF que nenhum dos disparos de fuzil havia atingido Niederlust. Os ferimentos haviam sido causados por disparos à queima-roupa por uma pistola 7.65mm.

Serrano é um homem decente e corajoso, e, ao ver a tendenciosidade de alguns de seus superiores, guardou em seu cofre de banco particular gravações dos depoimentos iniciais de empregados do hotel, relatando que no quarto com Niederlust havia um menor e um adulto, e um dos projéteis retirados da fachada do hotel, além de fotos dos ferimentos de Niederlust e dos dois projéteis retirados de seu corpo. Havia ainda que se considerar a discrepância entre o número de disparos de fuzil e o calibre da arma. Serrano também me informou que um grupo espúrio da PF, autointitulado "Guardiões", se encarregava de prover segurança a celebridades e eram pagos para isso, com o beneplácito dos "andares de cima". Niederlust era um dos mais fiéis usuários do serviço, contando ainda com um segurança francês.

O inquérito seguia preguiçosamente seu curso, rumo ao esquecimento, quando surgiu a entrevista com o Bolo Doce, até então mantido afastado pelos Guardiões e fora do alcance de Serrano. Ele me disse que o caos causado pelas revelações de Bolo Doce ao teatrinho infantil montado para dar um "final feliz" ao caso foi uma das coisas mais agradáveis que lhe haviam ocorrido na vida profissional. A exposição da torpeza de Niederlust acabou com qualquer desfecho punitivo para o General. Nenhum daqueles legalistas que escrevem ocasionalmente nos jornais brasileiros se atreveu a sair em defesa do francês.

Para mim, entretanto, o cerne da questão não havia sido examinado: quem disparara os tiros que haviam atingido a fachada do hotel e o ombro de Bolo Doce? Por um processo de eliminação simples, tendo conhecimento da disposição do apartamento de Duvall, a hora da ocorrência e a inexistência de qualquer registro no sistema de gravação de imagem do edifício, concluí que a neta do General havia sido a autora da tentativa de homicídio. Quando confrontei Duvall, ele foi tomado por um choro silencioso.

Segundo ele, Daniela havia interpretado erradamente sua repulsa a Niederlust e seguira para o justiçamento pessoal. O General confessou que escondera a arma no próprio terraço do apartamento. Era um fuzil semiautomático, modelo alemão G43, produzido experimentalmente no Brasil e do qual apenas umas trezentas unidades haviam sido fabricadas antes de o projeto ser abandonado, depois de repetidas falhas na linha de produção. Na época, Duvall colaborara com os projetistas e sugerira algumas adaptações quanto ao comprimento da arma, seu peso e a manutenção de um carregador com dez projéteis. Entre outras alterações em relação ao original, estava o seu calibre, que passou a ser o 30.06 dos fuzis norte-americanos da 2ª Guerra.

Aproveitei a estadia do General no hospital para esconder a arma em local seguro e, paradoxalmente, tão evidente que a ninguém ocorreu procurar nos tubos de aeração de esgoto do prédio. Quando o General faleceu, retirei-o de lá, desmontei-o totalmente e lancei as partes em vários pontos da costa do Rio de Janeiro. Era a única forma de proteger o General da perseguição que vinha sofrendo. Nada disso comuniquei aos meus superiores, já que me havia tomado uma profunda descrença quanto à obtenção de justiça para Duvall.

Encenei então aquela busca no apartamento, e o fuzil encontrado não se ajustava ao perfil da arma do crime. Após a "descoberta do arsenal", como a ele se referia a imprensa, fui visitá-lo mais uma vez. Ele me olhou intensamente e esboçou um curto sorriso. Embora não pudesse adivinhar a que atribuí-la, senti nele uma profunda tristeza. Quando me despedi, ele solicitou que, após sua morte, entrasse em contato com você, contasse toda a verdade e lhe permitisse consultar os diários dele. É o que vou fazer em breve.

Com o encerramento do caso, não me pareceu que eu teria futuro no Exército. Escrevi a um dos companheiros de estágio na África e ele me convidou para uma estadia na propriedade de sua família, na Escócia. Pedi férias, que já estavam atrasadas, e depois de uma semana fingindo caçar patos (não conseguia matá-los e errava o alvo de propósito), despedi-me e fui para Londres. Em um jornal, encontrei um anúncio de emprego de técnico em telemetria e navegação. Apresentei-me, redigi um currículo curto, dei as referências de minha permanência na África, fiz uma entrevista preliminar e passei mais quinze dias de férias andando pela França e Espanha.

Ao voltar ao Brasil, encontrei a carta em que era chamado para entrevista em uma filial, no Rio de Janeiro, de uma companhia de pesquisa e exploração de petróleo. Para encurtar, fui admitido, e minha demissão voluntária do Exército Brasileiro causou alívio aos meus superiores e a mim mais ainda. Requeri a cidadania irlandesa e retornei o sobrenome para sua grafia correta, Muireann.

Passei estes três anos viajando a todos os lugares onde a companhia tinha ou iria ter plataformas. Não tendo mais parentes próximos no Brasil, custei a me fixar em algum lugar que pudesse chamar de residência. Uma estadia mais longa em Portugal me fez eleger o país como local de moradia. Procurei contato com os irmãos de minha avó, e fui muito bem recebido pelo ramo português da família. Casei-me com uma brasileira e serei pai brevemente. Ela estuda para obter o doutorado em Matemática Superior e trabalha em um centro de pesquisas da Comunidade Europeia sediado aqui. Apaixonei-me pelos seus olhos verdes-castanhos e estamos juntos há dois anos. Seu nome de solteira é Daniela Duvall. Penso sempre que o General teria aprovado, de algum modo, o nosso casamento.

***

(Lisboa, 14 de abril de 2007, 8:00 PM, 15⁰ C. Sopra uma leve brisa de noroeste no apartamento C4 da Rua Barata Salgueiro, 53 Bis)

À guisa de *post scriptum*, informo que, embora também residindo em Lisboa, meus encontros com Marbhan (ops, Muireann!) são raros, e sempre de cunho profissional. Como que por acordo tácito, nunca mais conversamos sobre qualquer tema ligado ao caso Niederlust.

Esta obra foi composta em Minion Pro 12/14.
Impressa com miolo em offset 75g e capa em cartão
250g, por Createspace/ Amazon.